JN060218

フランクフルトのアルテ・オーパーにて演奏家資格試験を終える（P232）

ロシアのひまわり畑（P242）

牛舎の中で、とらちゃんを抱いた筆者、クラウス・ペッシェル撮影（P277）

2022年夏、カルロヴィヴァリーのショパン記念碑を見上げて

私のまわり道

音楽から医学へ、そしてまた音楽へ

坪井真理子
TSUBOI Mariko

文芸社

目次

1．ピアノと共に、私の幼少期

〈ことの始まり〉

私は第二次世界大戦後まもない一九四八年に大阪の下町、阿倍野区昭和町で生まれた。そのころ、家の近所は子供であふれていた。のちに「団塊の世代」と名づけられ、第二次大戦でとことん痛めつけられた日本が世界経済の第三の担い手へと急発展する原動力となった世代の萌芽期だ。この世代はいつの時代にあってもその数の多さで他の世代を圧倒して、良くも悪くも社会の中心であり続けた。

私の行動範囲内ではたいていの家に小学生以下の子供がいた。子供のいないのは筋向かいの四十代くらいの夫婦だけで、その家には子供のかわりにトラちゃんという猫がいた。

大阪の下町はドロボーもあまり盗るものがなかったからか、空き巣の心配をする人は少なく、昼間は多くの家で玄関の鍵は開けっ放しだった。よその家に勝手に入っていっても叱られたりしないので、「誰々ちゃん、遊びましょう！」と近所の家の戸を開けて呼び、

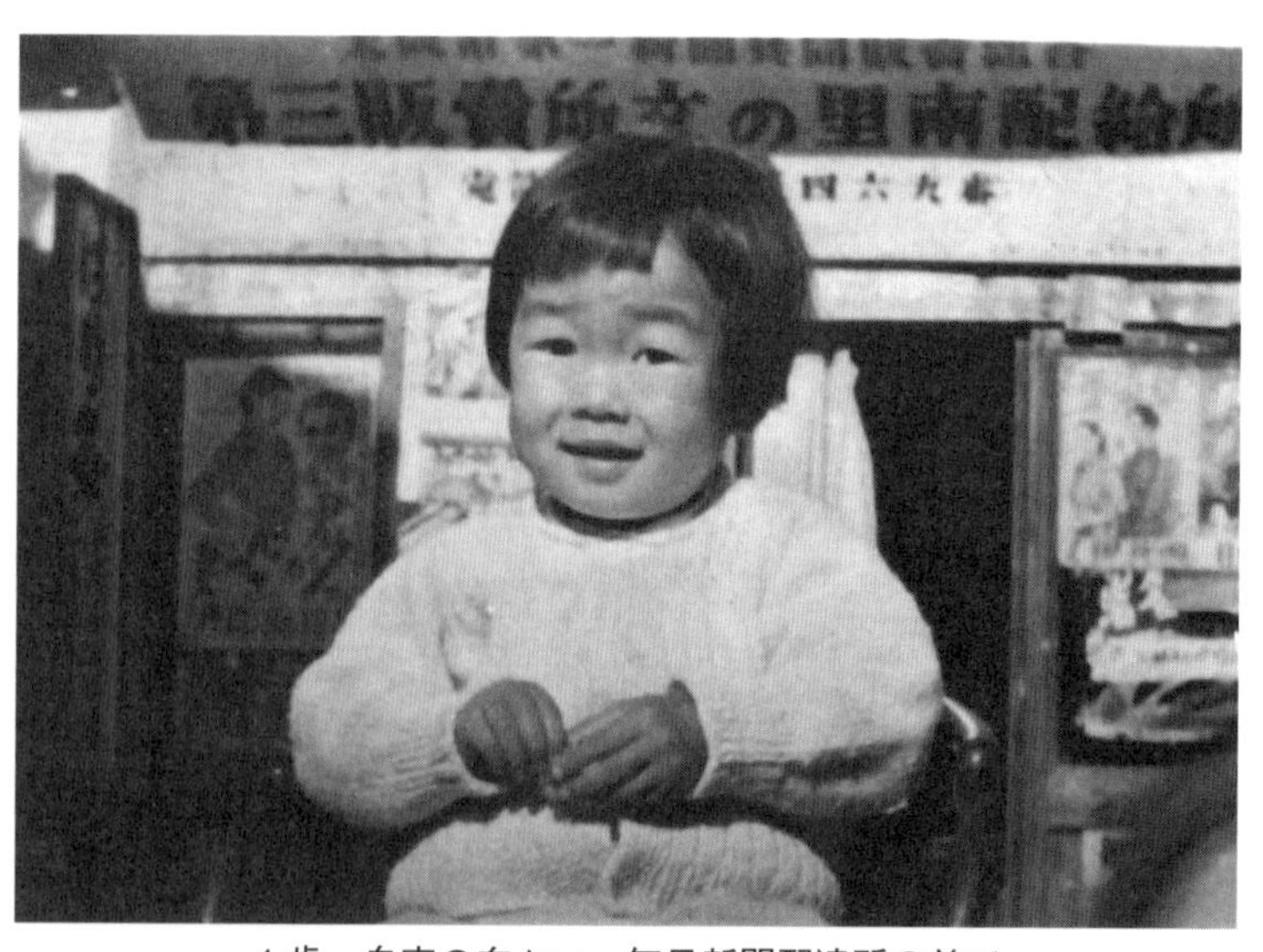

1歳、自宅の向かい、毎日新聞配達所の前で

仲間を集めて路地でけんけん（ケンケンパ）や縄跳びをしたり、また向かいに住んでいた三、四歳年上のお姉さんに漫画の描き方を教えてもらったりした。当時から、漫画を描くのは、特に女の子の間で流行っていた。後になって小学生のころ、私は授業中にこっそり漫画を描いていて先生に注意されたことがある。

〈カトリック幼稚園入園試験に合格！〉

　さて、私がはっきり思い出すことのできる最初の特記すべき出来事は、阿倍野カトリック幼稚園の入園試験だ。当時、四歳。

　近所の子供たちの多くは公立の文の

里幼稚園に通っていたのに、私の母は（たぶん独断で）私を当時、できたばかりのミッションの幼稚園に入れると決めたらしい。我が家がまわりの家に比べ、経済的に豊かとはいえないにもかかわらずそうなった理由は、教育熱心で競争心が強く、また祖父や父などのんびりした男たちの意見など聞く耳を持たない、母の強引さのおかげであろうか。

なんにしてもそのことが私の一生に決定的な影響を与えることになった。

入園試験の部屋には、黒いケープつきの修道女服を着た西洋人と日本人のシスター二人、それにやや年配の日本人司祭（小林神父さま）がいたと記憶している。シスターがいくつか質問をし、数を一、二、三……と数えたり、玩具のソロバンで言われただけの数の玉を動かしてみせたりした。そのへんは簡単にクリアーしたが、消防自動車の絵を見せられて「これはなんですか」と聞かれた際に、「消防自動車です」と答えかけて、なんでそんな当たり前のことを聞くのかなあ？　という疑問が生じた。考えたあげく、ニッと笑って「ウー、カンカンカンカンや」と答えた。その物真似がかなり上手かったのでシスターも司祭も一緒に大笑いして合格にしてくれた。おかげで小学校入学までの二年間、カトリック幼稚園に通うことになった。

家から幼稚園まで歩くと三十分近くかかり、子供の足で通うにはやや遠すぎるので、家の近くの文の里駅から南海平野線というチンチン電車（路面電車）で苗代田まで一駅だけ乗り、そこから徒歩で通っていた。

〈ピアノとの出会い〉

幼稚園に入って一年たった時、ピアノクラスが作られ、カナダ人の園長先生（ドロッテ先生）が園児にピアノを教えてくれることになった。通常の保育カリキュラムの一部にピアノが組み込まれていて、特に授業料は要求されなかったと思う。

父も母も楽器の演奏はできなかったが、父が神戸高等高専時代（現在の神戸大学工学部。たった二年で学徒出陣のため卒業させられて海軍に入り、あわや人間魚雷「回天」に乗り込む直前に終戦となって命拾いした、という経歴がある）合唱団に属してシューマンの合唱曲「流浪の民」などを歌い、クラシック音楽が好きだったので、ぜひ私にピアノを習わせたいと希望したらしい。

ついでに余談であるが、母が語ってくれた父との数少ないロマンチックなエピソードから一つ紹介する。父と恋仲だったころ、父が監督した演劇に招待されて見に行ったのだそうだ。すると、「俺はドロボーだ」と、登場人物が叫ぶシーンでチャイコフスキー「悲愴」の第一楽章第二主題の物悲しいメロディーが鳴り、その突飛な組み合わせに思わず笑ってしまった。ちなみに「悲愴」は、その昔我が家にあった、たった二組のＳＰレコードのうちの一組で、もう一組はシューベルトの「未完成交響曲」。どちらもウィレム・メンゲルベルク指揮、アムステルダム・コンセルトヘボウ交響楽団だったと思う。私はこの二曲を繰り返し聴いて育った。

話をもとに戻せば、こうして私は五歳でピアノを始めることになった。

当時家にピアノはなく、親戚の誰かが買ってくれた玩具のピアノで練習を始めた。赤いグランドピアノの形をして黒鍵は色を塗ってあるだけ、全部で十個くらいしか鍵盤がなかったが、一応音は鳴った。よほど嬉しかったからか、このピアノのことはよく覚えている。しばらくたつと玩具のピアノでは用が足りなくなったので、足踏みオルガンを購入し、それで練習を続けた。

幼稚園でのピアノの授業がどのようであったかについて、あまり詳しい記憶はないが、最初は園長先生が自分で作られた幼児用の大判の教科書を使って、挿絵を見ながら「赤ちゃんド、犬レ、蝉シ」と習った覚えがある。当時弦楽器で注目され始めたスズキ・メソード（「才能教育」）とは逆に、耳からではなく目から、読譜を第一にした教え方だったと思う。「赤ちゃんド」の本が終了すると、カナダのピアノ教則本を先生にいただいて、それを使って練習した。当時バイエルやメトード・ローズといった教則本はすでに日本にあったとは思うが、私はそれらのお世話にはなっていない。カナダの教則本に載っていたメロディーの多くは、今でも口ずさむことができる。バイエルのように徹底的な難易度の段階性はなく、いきなり難しい曲が出てきて難儀する、というようなことはあったが、バイエルより美しい曲が多かったように思う。それぞれの曲に題名がついて、絵が描いてあったので、イメージを思い浮かべながら弾く、ということを初歩からやっていた。

初めに譜読みを習ったおかげで、一年後、小学生になるころにはすでにかなりの読譜力を身に着けていた。音楽の時間にはピアノの不得手な担任の先生のかわりに、歌の伴奏を初見で弾くことができた。「さいた、さいた、チューリップのはなが」とか「白地に赤く、日の丸染めて」とか「出た、出た、月が」などの歌を教室にあった足踏みオルガンで伴奏した。

幼稚園でのピアノ以外の授業についてはさっぱり覚えがない。記憶に残っているのは、時折昼寝の時間があったこと。他の子たちはたいてい本当に寝ているのに、私は全然眠たくなくて、横になりながら退屈な時間を過ごした。やっと起き上がってもいい時間になると、深く寝込んでしまった子供たちが無理やり起こされて飴玉をもらっていた。それが羨ましくて、「次回は絶対寝たふりをして、飴玉をもらおう」と思ったが、実行はし損ねたと思う。

また、いつだったか「知能テスト」があって、みんな熱心に取り組んでいるのに、私は

阿倍野カトリック幼稚園で指揮者を務める

自分の描いた線と隣の子の描いた線を比べたりして脇見ばかりしていた。そのためろくろくできず、かなり低いＩＱと診断されてしまい、母にショックを与えたこともある。

大阪市立苗代小学校に入ってからもピアノは幼稚園でドロッテ園長先生に習い続けた。最初から一緒に習っていた子供たちの中で、同じように卒園後も続けたのは私以外に三、四人いた。

まだ幼稚園のころだったのか、もう小学生になっていたのかは忘れたが、そのころにカトリックの洗礼を受け、信者になった。カトリックのシスターにピアノを習っているのだから、それはごく自然ななりゆきで、私のピアノ友達もみな一緒に洗礼を受けた。私の家族には宗教を持っている人がいなかったので誰も反対しなかったし、母はその数年後に自ら洗礼を受けた。

〈小さな教会オルガニスト〉

小学校三年生くらいになると、日曜日のミサの際にしばしば園長先生の代理を務めてオルガンで聖歌の伴奏をしていた。伴奏の仕方を特に習ったわけではないけれど、メロディーだけあれば伴奏をつけることは至極簡単だった。別に何も考えなくてもふさわしいハーモニーが頭に浮かんで、それを和音や分散和音にして即座に弾くことができたから、神父様に大変気に入られていた。というのも、たまに園長先生以外の大人の人が伴奏をすると、歌にまるで合わない伴奏を平気で弾いたりするからだ。私は自分のやっていることがごく普通のことと思っていたから、他の人がそれをできないのはとても不思議だった。

しかしながら、実のところさほど敬虔な信者というわけではない私は、毎週日曜日にミサに行くのが億劫で、しばしばミサをさぼり、園長先生によく叱られた。

このころ一番仲良しだった友達は劉しんけんちゃんだ。「けんちゃん」は、台湾人だったお父さんが早くに亡くなって、日本人のお母さんが女手一つで、お兄さんと妹のけんちゃんを育てていた。カトリック幼稚園時代から私と一緒にピアノを習っていて、小学生になってからも、ピアノの授業やミサの後、幼稚園の庭で一緒に遊んだ。彼女はとても運動が得意なすばしこい子で、彼女と一緒の時は私もターザンごっこなどをして庭中を飛び回っていた。ミサの最中に二人で夢中になってしゃべっていて、神父様に怒られたこともある。

〈「肺浸潤」とその余波〉

ここで、私の子供時代の健康問題について述べたい。

私はあまり食べない子供で痩せていたが、生まれつきの病気があったわけではないし、特に虚弱体質だったわけでもない。ところが小学校一年生の時、咳をするので近所の小児科で見てもらったところ、レントゲン検査の結果、肺浸潤で小児結核の初期であると診断されてしまった。そしてそれ以来、毎日のようにその医院に通ってストレプトマイシンの注射を受けること2カ月近く。もちろんその間、学校は長期欠席である。そのため「体の弱い子供」というレッテルが貼られてしまった。母は心配のあまり「栄養を十分摂らせないといけない」という強迫観念にとらわれて、私の嫌いな野菜、特に人参を無理やり食べさせ、ますます大嫌いになってしまった。誰かが健康食の人参を推奨したのであろうが、母は自分自身が人参嫌いで食べたくないので、よけいに私に押しつけたらしいことはずっと後になってわかった。

この「肺浸潤」は、実は結核ではなかったかもしれない。その理由は、これより後で行われたツベルクリン検査で二度も陰性だったことである。「一過性肺浸潤」という病気があることを、後日医学部の授業で習ったが、私の場合はそれだったのではないかと思う。

中学生の時、他の人は聞こえているのに、私だけ腕時計のチクタクという音が聞こえないことに気がついた。聴覚検査をした先生は「ストマイのせい」だと言った。小児期に多量のストレプトマイシンを投与されたための副作用だそうだ。

しかし不思議なことには、この歴然としたハンデは、学校の授業はもちろん、音楽の勉強と演奏、ことに聴覚なしでは絶対不可能な室内楽演奏にも特に障害とはなっていない。高周波数の音が聴きにくい状態に子供の時から慣れていたので、順応していたおかげであろうか、私は長い間自分の聴覚障害を忘れていた。また後年自覚するようになっても、人に知られるのがいやで隠し通した。ヴァイオリンの最高音部など、聞こえにくい音はヴァイオリニストの指の動きを読み取るなどして判断することもあったが、共演に困ることはほとんどなく、室内楽のパートナーには知られずに済んできたつもりである。

〈小学校での最初の授業〉

苗代小学校では、子供数が急増したため教室が足りなかったらしく、一年生の時は二部授業で、一つの部屋を一日二クラスが交代で使用した。そのため午後から授業が始まる日は帰宅するころには外は真っ暗で、多くの親が自分の子供を迎えに来ていた。そのうち校舎が増設されたらしく、二部授業は一年間で終わった。

一年生の時の担任は林先生という若い男の先生で、前述のようにピアノが苦手だったが、肺浸潤で長欠している私をしばしば見舞ってくださるなど、優しい先生だった。

先生は一度「盲腸」（虫垂炎）の手術のためしばらく学校を休まれたことがあり、お見舞いの手紙を書いたことを覚えている。これは思い出せる限り、私の書いた最初の手紙である。

林先生はなんらかの事情により一年で転勤になられたので、二年生では担任が変わって年配の女の先生になった。小学校から高校に至る間で担任の先生が女性だったのは、この一年間だけである。残念ながらこの先生は印象が薄くて、その一年間にどういうことがあったのか、あまり覚えていない。

〈孟母二遷〉

小学校の二年生から三年生に上がる時、父が和歌山に転勤になり、私たち家族もついていく予定だった。ところが和歌山に行ってみたら、住む場所は他人の家の一部、つまり間借りであって窮屈な上に、家主一家と反りが合わず、子供たちもやんちゃすぎて、私と弟に悪影響を与えそうである、などなど、子供の教育に自分の全力を注いでいる母にしてみればとても我慢のならない環境だった。私自身、その家の子供たちが生きたカエルを小枝で串刺しにして遊んでいる場面を目撃しているくらいだから、母が憂慮するのも無理はない。

そういうわけで、母と私と弟は即刻大阪へ戻って来て、今まで通り苗代小学校に行くことになった。極めて迅速な孟母三遷（二遷？）であって、私は大喜びだったけれど、父にとってはそれが辛い人生の始まりだったかもしれない。

この時以来、父は単身赴任して不在となり、母、祖父（母の父）、私、二歳下の弟は今まで通りに大阪の家で、四人暮らしをすることになった。父は給料を持ってたまに帰宅するだけだ。

ちなみに大阪の家は非常に狭く、一階に四畳半程度の板の間と三畳の和室、形ばかりの台所とトイレがあり、二階は二畳と六畳の二部屋があるだけ。五人家族が住む家としては当時の一般的水準から言っても狭すぎたので、父が留守の状態はちょうどよかったともいえる。

この家は借家だったのだが、一階の板の間は私が幼稚園のころから数年間、ある電気屋さんに「また貸し」していた。その家賃収入がのちにピアノ購入費の一部になった、と母から聞いたことがある。

その電気屋さんは私の家を間借りして、ゼロから仕事を始めたわけだが、着々と商売を成功させて、数年後には筋向かいの広い場所に店を持った。その後はこの板の間が私と弟の音楽室となった。

〈おじいちゃんのこと〉

ここで祖父について少々説明する。

祖父は和歌山の田舎の農家の次男として生まれ、農家の後継ぎは長男と決まっているため、小学校を卒業するや家から出されて丁稚奉公をした。商才がなかったので経済的成功ができず、遠縁から嫁いできた奥さん（私の祖母）は一人娘の母が女学校（現在では中学校）に入ったばかりのころに家を出てしまい、そのあとはずっと娘である母と二人で暮らし、細々と古道具商を営んできた。

この経歴だけを見れば祖父はまったくのダメ男のようであるが、政治や文化に関心が深く、また私にはとても優しいおじいちゃんだった。私は小さいころ、しばしば祖父と一緒に寝たが、その際に『桃太郎』とか、『浦島太郎』とかの話を自分でいろいろにアレンジして語ってくれた。

「桃太郎さん、桃太郎さん、お腰につけたキビ団子、一つ私にくださいな」

「一つはやらん。半分やろう」

というような話は今でも耳に残っている。

ずっと後になって、家にテレビがあるようになると、祖父は家じゅうでただ一人、大変熱心に政治番組を見て、政府の批判をしていた。祖父は、時代さえ違っていたら、それとも生まれた環境さえよかったら、教師のような自分に向いた職業について、奥さんに逃げられることもなく、もっと恵まれた人生を送ることができたのではないかと思う。

〈スポーティーな本庄先生〉

小学校三年生と四年生の時の担任は、本庄一雄先生という大学を出たばかりのスポーティーでカッコいい男の先生だった。放課後にドッジボールなどをしてよく一緒に遊んでくれるので、クラスの五十人の生徒たちはみな先生が大好きだった。しかし先生は優しそうな外見とは裏腹に授業中はとても厳しくて、テストがしょっちゅうあり、点数やクラス内での席次（これはさすがに上位数名のみ）がその都度発表された。現在では考えにくいかもしれないが、当時はどこの学校でも競争が激しく、席次を公表するのはごく普通のことであり、誰が成績優秀か子供たちはみな知っていた。テストではほとんどいつも私が一番だったが、体操だけはとても苦手で、わけても球技がダメだったので、先生や男の子が投げつけるドッジボールから逃げ回っていた。

〈新品のピアノ〉

三年生のころ、家には足踏みオルガンがあった。しかしそれは、すでにかなりピアノの上級者であった私の練習にはまったく不十分で、タッチも違えば鍵盤数も足りなかった。そのため、放課後には毎日のように小学校の音楽室のピアノで練習させてもらった。ショパンの「幻想即興曲」、シューベルトの「即興曲」などその年齢の子供にしては難しい曲を弾いていたので、学校の先生方の間で評判になっていた。

家にピアノがあるようになったのは、四年生の時だ。ヤマハのような有名メーカーではないけれど新品だった。当時はピアノのある家などあまりなかったので、中古品を手に入れる、というオプションはなかったものと思われる。価格は二十万円あまり。当時としては大金で、二年間ほどの分割払いで苦労しながら支払ったそうだ。母は知り合いの人たちの服を縫う内職をして、家計をやり繰りしていた。

〈アベノ・ミュージッククラス〉

カトリック幼稚園のピアノ教室は徐々に人数が増え、「アベノ・ミュージッククラス」と名前がついていた。私はここの第一期生であるとともに、生徒の間で抜きん出ていたので、ドロッテ園長先生は私を秘蔵っ子のように可愛がってくださった。先生は自分自身が特別ピアノの名手だったわけではなく、お手本を弾いていただいた覚えはまったくないが、私が上達するように、立派な音楽家になるように、といろいろ工夫されていた。

発表会がしばしばあったが、その際、曲の長さを制限されることはなく、ベートーヴェンの「悲愴ソナタ」のような大曲でも、ほとんどいつも全楽章を演奏した。五年生か6年生の時、発表会の最後に、モーツァルトのソナタで始まってドビュッシーの「子供の領分」で終わる一時間のフルプログラムを弾いたこともある。普通のおさらい会では上級の生徒でもせいぜい十分しか弾かせてもらえないことを考えれば、私はずいぶん恵まれていたといえる。

そして、発表会ではいつも必ず暗譜演奏だった。時代が少々後になるが、私が中学二年生で弟が小学校六年生の時、二人でベートーヴェンの「ピアノ協奏曲四番」の一楽章を共演した。私がソロ、弟がオーケストラで、二人とも暗譜で弾いていたところ、オーケストラの間奏の途中で弟が忘れてしまい、崩れて止まりかけた。私は、これは大変、とすぐにその間奏を自分で弾いて曲をつなげ、完全崩壊を防いだ。先生は大喜び、母もまあ満足していたが、聴いていたよそのお母さんたちは、私が間違って弾き始めなかったために、一時的混乱が生じた、と思ったそうだ。

発表会の際に、即興演奏を命じられることもあった。その場で提示されたメロディーを使って、すぐにピアノ曲を作って演奏をする、というものだ。私は即興演奏がかなり得意だったが、なぜそんなことをさせられるのか分からなかった。いやいややっていたので、上達もしなかった。「ピアノを弾く」とは、楽譜に書いてあることを完璧に表現することが全てだ、と思っていたからだ。当時に録音された自分の即興演奏をずっと後年になって聞く機会があったが、その子供らしからぬ能力には我ながら驚いた。

即興演奏がいかに大切であるかを本当に悟ったのは、数十年後、ドイツで素晴らしい即興演奏をいくつも聴く機会があってからのことである。園長先生がその昔、せっかく訓練の機会を作ってくださったのに、それを活用しなかったことは至極残念だが、いまさら仕方がない。

カトリック幼稚園ではいつごろからか、ヴァイオリンの先生もいるようになった。幼稚園時代からヴァイオリンを始めた子供たちの中にはかなり上達している子供もいたので、発表会の際にヴィヴァルディの協奏曲などの伴奏をさせられることがしばしばあった。相手が自分より小さな子供だと、少々間違えたり、どんどん速くなったりしても文句を言わずにひたすら合わせてやらないといけない。これが後日、私の室内楽演奏に役立ったことは言うまでもない。

〈苗代小学校器楽部と音楽好きの石川先生〉

五年生になると、私は小学校の器楽部にスカウトされた。私にとって大変幸運だったことには、大阪市立苗代小学校は「苗代音楽学校」というあだ名がつくくらい音楽が盛んな学校だった。音楽の得意な上級学年の生徒を集めたコーラス部と器楽部があり、学校間のコンクールに参加するなど活発な活動を行っていた。音楽教育界の重鎮、池田富蔵先生が当時学校におられたおかげだそうだ。

私の入った器楽部は一種のオーケストラで、アコーディオン、木琴、ハーモニカ、足踏みオルガン、太鼓などで、磯野先生の指揮のもとに合奏した。当時はヴァイオリンのような本物のオーケストラ楽器を弾ける子供は少なかったので、こういう上達しやすい楽器を

苗代小学校６年生、器楽コンクールにて

使ったわけだ。レパートリーはワルトトイフェル作曲の「スケータースワルツ」、ケテルビー作曲「ペルシアの市場」など、オーケストラ用のサロン音楽を児童オーケストラ用に編曲したものが中心で、編曲者は池田富蔵先生だった。

私は五年生の間は足踏みオルガンを弾いていたが、六年生になるとソプラノ・アコーディオンに変わり、コンサートマスターとでもいうべき役割を受け持った。この年の器楽コンクールで、苗代小学校は関西一位になった。また磯野先生の指導で、私のアコーディオン、渡辺久仁子さんのマリンバ、弟のピアノ、というトリオを結成し、テレビの音楽番組に出演したところ、そこでも優勝した。

このようにアコーディオンが上手だったので、磯野先生からは専門的にアコーディオンを習わないかと持ちかけられたけれど、私は、本業はあくまでもピアノ、アコーディオンは副業、と思っていたので、その話はお断りした。

　五年と六年の担任は、コーラス部のピアノ伴奏をしていた石川浩先生で、やはり若い男の先生だった。石川先生は、本庄先生と同様、大学卒業と同時に苗代小学校へ赴任された先生で、他にも数名の若い男の先生がおられた。みんな大阪学芸大学（のち大阪教育大学）の出身だったようだ。子供の急増に備えて養成された若い先生方が、何人か同時に苗代小学校に来られ、私の学年の受け持ちになられたのだろう。そのため、私は先生というものは大抵若い男性だと思い、自分がラッキーだとは思っていなかった。しかし考えてみれば、小学校の時に若くてやる気まんまんの男の先生にいつも教えてもらうことができたのは、学校が大好きになった理由の一つに違いない。

　石川先生はクラシック音楽のファンで、自分でもウェーバーの「舞踏への勧誘」の出だしの部分などを、実に楽しそうに弾いておられた。そしてピアノが上手だと学校中で評判だった私の受け持ちになったことを、とても喜ばれたようだ。先生はベートーヴェンに傾倒しておられ、先生の家でピアノソナタのレコードを聴かせてもらったり、ヴァイオリンソナタの「クロイツェル」を、私がピアノパートを、先生が足踏みオルガンでヴァイオリンパートを受け持って、共演したりした。石川先生の影響で私もベートーヴェンが大好きになり、「月光」や「悲愴」を弾くのが嬉しくてならなかった。

石川先生は、私が小学校を卒業する時、音楽の友社のベートーヴェンソナタアルバム第三巻をプレゼントしてくださった。この三巻には、憧れの「熱情」が載っている！　楽譜を手に入れるやいなや、すぐさま「熱情」に取り組んだ。

卒業の際、級友全員が書き込んでくれたサイン帖を今も持っている。メッセージの大多数は「名ピアニストになってください」というものだ。当時の同級生たちが、私はピアニストになるもの、と思っていたことは明らかである。

〈怖いお母さん〉

学校はこのように楽しかったのだが、家では必ずしもそうではなく、辛いことも多かった。なにしろ母が厳しかった。

ピアノは好きだから自発的に練習していたけれど、たまに練習中に友達が来たりすると、一緒に遊びたいのに「練習しなさい！」と言われた。ぐずぐずしていたら「それやったら、ピアノなんかやめなさい！」と怒鳴られ、「やめるのは、いや！」と泣きながら練習したこともある。当時の隣人の話では、母は近所の子供たちの間で「怖いお母さん」として有名だったそうだ。

また、学校のテストでは、私が満点を取るのは当たり前だと母が思い込んでいてちょっとのミスでもひどく叱られた。ある時算数のテストで、一部の問題を見落として答えなかったために、答えた質問は全部正解なのに九十二点になってしまった。これは普通の親なら笑うところだろうが、私の母は非常に怒った。

また時には私にはなんの原因もないのに、なんらかのとばっちりを食って叱られることもあった。そのために楽しみにしていたハイキングに参加できなくて、その日を泣いて暮らしたこともある。

2．躓き、そして新たなる道へ

〈毎日学生ピアノコンクール〉

前章で述べたように、私は早くからピアノが大好きで上達が速く、またピアノの先生からも小学校の先生からも励まされて、将来はピアニストになると決めていた。それなのに、音楽への道を諦めることになる経緯を、ここで述べる。

四年生の時、初めて毎日学生音楽コンクールの小学生の部を受けた。しかしその時にはまだ課題曲のモーツァルトのソナタＫＶ３３３、第一楽章を弾くには手が小さく、技術的にも不十分だったので、予選で落ちた。

そして二年後、六年生で再度挑戦。この時には私はある程度の自信があったが、何しろアベノ・ミュージッククラスしか知らない井の中の蛙である。どれくらい勝算があるのか、事前に情勢を探っておいたほうがよかろう、ということになった。そこで、園長先生と一緒に、当時大阪で一番有名なピアノ教育界の権威、Ｋ先生に聴いてもらいに行った。Ｋ先生はコンクールの審査委員長だった。

　授業料の三千円は当時の私たちにとって大金だったが、なんとか準備した。

　天下茶屋にあるKピアノ塾へ行くと、私と同じくコンクールを受ける予定のK先生の七人の門下生が、同じ時間に来ていた。全員順番に課題曲のハイドンの「ソナタ変ホ長調一楽章」を演奏したが、私には自分が他の子より劣っているようには思えなかった。K先生は私にアルペジオの弾き方を一カ所指導してくださった上で、「あなたはとても上手だから大丈夫」と太鼓判を押してくださった。それなので、私と園長先生は「これなら予選の合格は間違いなし」と安心していた。

　ところが、別に失敗しなかったにもかかわらず落ちてしまい、私はがっくり落ち込んでしまった。園長先生もがっくりされたが、それればかりではなく、不審に思われたらしい。人づてに事情を探られたところ、まったく予想もしなかったことが聞こえてきた。

　K先生は、私たちが帰った後に、私たちが言われた通りの三千円しか謝礼を渡さなかったことについて「失礼だ」と言われたそうだ。当時のピアノ界には、大先生に練習を見てもらう際には規定の謝礼に色をつけてお渡しする、という暗黙のルールがあったらしいが、私たちはそれを知らなかった。また知っていたとしてもそんな余裕はなかった。それで言われた通りの金額をお渡ししたわけだ。そしてなんと、それが落とされた理由らしいのだ。

これはカナダ人で敬虔なカトリックのシスターである園長先生にとっても、また純真な子供の私にとっても、大変なショックだった。お金が物をいう、自分とは無縁の嫌な世界だと思った。

〈模擬試験で予想外の大成功〉

一方、同じ六年生の時、大阪市で模擬試験というものがあった。これは主として有名私立中学を目指している子供たちを対象とした実力試験だが、私学に行くつもりでない子も力試しに受けていて、毎回受験者は千人に近かった。

今になって考えてみれば、その模擬試験は一種の学校間の競争でもあったようだ。

全部で三回あったのだが、私は最初の二回は参加しなかった。本庄先生が、私とあと数名の成績のよい子供に一回目と二回目の試験問題を解かせて、どれくらいできるのか試してみられたところ、私なら百番以内に入れそう、という確信を持たれたそうだ。それで、三回目には受験することになった。大阪中の自信のある子供たちが参加しているから、百番でもかなり優秀な方なのである。

この試験で私は全体の六番になって、ご褒美のシャープペンシルをもらうとともに、一挙、学業成績抜群の子供として有名になってしまった。それまではピアノのことばかり考えていたのだが……。ピアノではうまくいかないのに、学業では大成功である。

〈中学生時代、勉強と青春と〉

苗代小学校を卒業後、大阪市立阿倍野中学校に入った。この学校は小学校と違って音楽にはあまり熱心でなかったが、その分、勉強熱心だった。毎学期、中間試験、実力試験、期末試験と三回も試験があって、その度に一学年七百人中、上位の百五十人くらいは点数とともに名前を貼り出された。

私は最初の試験の時、音楽だけは勉強する必要ないだろうと思って教科書をのぞきもしなかった。すると、「音楽の三要素は何か」だの、わけのわからない質問に答えられなくて大失敗の八十点を取り、それが響いて三位に止まった。しかし、その次の試験では音楽もちゃんと教科書で勉強したので一位になり、その後も卒業までの間、しばしば一位を取った。私は瞬く間に学年きっての秀才として有名になり、誰からも一目置かれるようになった。

中学時代は思春期の真っただ中だ。特に二年生の時はまだ高校入試の心配もなく、クラスの女子の間ではハンサムな男子生徒の話で持ち切りだった。一学年上に注目の的になっているイケメンが二人いて、同級生の女の子たちは彼らが通りかかると大騒ぎで見に行っていた。しかし「優等生」の私はそんな軽々しい行動を取るわけにはいかない。とはいえ、やはり興味はあるので、こっそりと遠くから彼らのハンサムぶりを鑑賞したものである。

誰かに「好きだ」と生まれて初めて言われたのも、二年生の時だ。もっとも、直接言われたり手紙をもらったりしたわけではなく、一学年上の女生徒が「自分のクラスの誰それがアンタを好きだと言っている」と知らせに来ただけであるが、悪い気はしなかった。

三年生の時は、男子のクラス委員長をしていた黒田君が、学年中で一番のハンサムとされていた。音楽の時間に、若くて活発な女の先生が何かのはずみに彼に触れそうになったところ、女子生徒が一斉に「わあっ」と怒りの叫び声をあげ、先生を苦笑させたことがある。

当時私の一番の友人だった西堀信子さんは彼に淡い恋心を抱いていて、休み時間など、その話ばかりしていた。私はクラスの副委員長だったので、彼と行動を共にする機会は他の女子より多かったのだが、抜け駆けはせずにもっぱら聞き役にまわっていた。また、このクラスには苗代小学校の時に器楽部でハーモニカを吹いていた小山君がいたが、彼は学年きっての美女、菜々さんに片思いをしていて、私は彼の話の聞き役もしていた。

〈阿倍野中学生徒会の思い出〉

中学校には生徒会というものがあり、一年生から三年生までの全クラスの委員長（男）と副委員長（女）で成り立っていた。生徒会長と副会長は立ち合い演説会ののち、全校生徒の選挙で選ばれた。

私と同じ学年に水田君という、年齢のわりに堂々として弁舌の達者な、カリスマ性のある男の子がいて、一年生にして生徒会長に選ばれ、その後も毎回当選して会長を続けていた。私は「学年代表」という役で生徒会に加わっていたところ、三年生の初めだったか、水田君が私に「副会長に立候補してほしい」と誘ってきた。次期も会長になる予定の自分を補佐してほしい、というわけだ。ところが私は、やや独裁的傾向のある水田君と一緒に生徒会をやるなんてまっぴら御免、と思っていたので、副会長ではなく、彼の対抗馬として会長に立候補した。

もちろん、実績の点で大いに劣っている私であるから落選したが、これは水田君に大きなショックを与えたに違いない。以後、私は生徒会の役員にはならず、通常のクラス副委員長として生徒会に出席し、かなりしばしば他のクラス代表たちを説得（煽動？）して会長の提案に反対し、水田君を怒らせた。

たとえば、ある時、会長の提案した案件（確か、緑化運動と関係があったと思う。当時としてはあまり重要な案件ではなかった）が反対多数で否決された。すると、会長は同じ案件をもう一度議会にかけ、「反対する場合は理由を述べること。賛成ならその必要なし」と言う。私はこのやり方がまるで納得できなかったので、議員一人ひとりに反対するよう呼びかけた。すると、自分と同じ三年生の男子議員十四人は全員が反対したが、あとの全員（一年生、二年生の男女議員と三年生の私以外の女子）は「反対理由を述べさせられる」のが怖くて賛成に回ったため、可決された。

これも三年生の時、水田君の提案で「阿倍野中学生徒会の歌」が募集された。彼の提案にしばしば水を差してきた私ではあるが、これには反対せず、すぐさま曲を作って応募した。すると、この曲は採用されて当時生徒全員で歌ったが、その後、忘れ去られた。

ところがそれから十年もたってから、新しい音楽の先生に発見され、めでたく復活して生徒手帳にも載るようになった。私が作曲家として名を留めているのは、後にも先にもこれだけである。

〈ピアノを作曲家に習う〉

中学二年生の時、もう一度ピアノコンクールを受けた。この時は受かるはずがないことを知っていたが、自分と他人の演奏を比べてみるために受けたのだ。事前に大先生に聞いてもらうこともしなかった。ベートーヴェンのソナタ2番の一楽章が課題曲だった。私は参加者中で一番上手かもしれないと自分では思ったが、やっぱり予選で落ちた。小学校での経験のダメ押しのようだった。

この後しばらくして、母と園長先生の間に授業料をめぐってのいざこざが起こり、ピアノをやめることになった。弟もやめた。すでに園長先生から教わることは殆どなかったので、それほど困ることもなく、しばらく先生なしで弾いていた。

数カ月後、近所で東京芸大の作曲科を出たばかりの先生がピアノを教えておられる、と母がどこかから聞いて来て、その先生の所へ行った。物部一郎先生だ。弟はあまりピアノを続けたがらなかったし、お金の節約もあって、物部先生には習えなかった。

初めて物部先生のレッスンに行った時、ショパンのバラード1番を聴いていただいたが、最初から最後まで猛スピードで弾きすぎて、びっくりされてしまった。レコードのお手本などまったくなしに、自己流で練習したのだから無理もない。それでも、ピアノ教師を始めたばかりの物部先生にとって、破格に上手な生徒が棚から牡丹餅の如く降ってきたのは嬉しかったに違いなく、毎回非常に熱心に教えてくださった。

先生の本業は作曲家なので、ピアノの技術について特に習うことはできなかったが、何より多くの名曲を知っておられて、自分のレパートリーを広げることができた。また、曲の解釈について学ぶところが多かった。バッハの平均律などは、フーガの構造まで教えていただいた。習い始めて間もなく発表会があり、ベートーヴェンの「ワルトシュタイン」一楽章を弾いた。中学三年生の初めごろのことである。

〈進路の大転換〉

中学三年生の時の担任は、山田文夫先生という若い数学の先生だった。山田先生は自分が本当は医者になりたかったのだそうで、「医学部を目指しなさい」と私に勧めた。

確かに、医学は裕福でない家庭に育った女の子がつく職業として確実で魅力的だった。このころ、音楽の道に進むのをほぼ諦めていた私は、大学は医学部にしよう、と考え始めた。

ちょうどそのころ、大阪府の学区が大幅に変更され、それまで全部で十学区だったものが五学区に、つまり一つの学区がほぼ二倍に拡大された結果、それまでは入れなかった府立天王寺高校を受験することが可能になった。天王寺高校は超有名な進学校であるばかりではなく、私の家から徒歩で行けるので、大変ラッキーであった。

阿倍野中学の先生方はそれまで生徒を送った経験のない天王寺高校を恐れ、極力受験生の数を絞ったので、阿倍野中学からの受験生は全部でたった七人（男子五人、女子二人）

だけ、そして全員合格だった。逆に、前年まではこの地区のトップ校だったのに、その地位を天王寺高校に奪われて二番手と見なされるようになった住吉高校では、皮肉にも多数の不合格者が出た。

3．高校時代

〈天高に入学して〉

天王寺高校一年七組小倉学級。中学校では、成績が良すぎるため特別扱いされて、クラスメートと対等の付き合いがやりにくいきらいがあった。けれどここにきて、自分と同じか、もっといろんな面で優れた多くの級友に恵まれて、毎日のびのびと充実していた。

女子は五十人中十七人で、その中に、見覚えのある人がいた。ピアノを弾く北畑治子さんだ。彼女はK先生の弟子で、昔、学生コンクールに出ていた七人のうちの一人だ。体が大きくて落ち着いた雰囲気なのが印象的で、よく覚えていたから、それが話しかけるきっかけとなってすぐ友達になった（もっとも、あの時のコンクールについて特別話題にするのは避けた）。彼女はブラスバンド部に入った。「ピアノはオーケストラで弾けないからつまらない、ブラスバンドでフルートを吹きたい」と言っていた。

私もブラスバンドに入ろうか、それとも熱心に勧誘にくる音楽部のほうがいいか、しかし英会話クラブにも魅力がある、などとあれこれ迷ったが、結局、ピアノを弾く時間がなくなるのが心配で、どのクラブにも入らなかった。

ほどなく、クラスの三分の二を占める男子の中で、一番小柄で気さくな更家充君と友達になった。更家君は成績が私とちょうど同じくらいで、私は理科系の方が、彼は文科系の方が得意だった。冬、石炭ストーブの上に、二人でお弁当を置いて温めていたら、古文の授業中にぷんぷんと匂い出し、〝ステテコ〟というあだ名の先生（天王寺高校では多くの先生に〝ジャガイモ〟、〝モヤシ〟、〝ワッショイ〟など、あだ名がついていた）が「おーい、弁当焦げてるぞ」と叫んだ。あわてて二人共、前へ弁当を取りに出て行って、クラス中大笑いになったことがある。

ある時更家君と一緒に、『愛と死をみつめて』という映画を見に行った。軟骨肉腫で顔面の半分を失った女の子の恋愛の記録で、非常にかわいそうな話だった。私は泣きすぎて、とてもまともに人前に出られない顔になってしまい、映画館を出る時、更家君の眼鏡を借りてかけていた。

〈音楽祭でハンマークラヴィーアを弾く〉

秋には毎年音楽祭があり、希望者は音楽の先生に申し出れば出演できた。私はピアノの物部先生に「音楽祭で何か弾きたいです」と言ったところ、「ベートーヴェンのピアノソナタ第三十一番　作品１１０にしては」と提案されて、練習を始めた。ところが、この曲はその時の私にはあまり面白く感じられなかった。ずっと後になって音楽を本職とするようになってから、ベートーヴェン後期の名作である１１０を立派に演奏することがいかに難しいか分かったが、この頃は若気の至りで、ともかく演奏することが物理的に難しい曲にのみ興味が湧いたのだ。

そこで、先生がいつかレッスン中に「ベートーヴェンのソナタ中で一番難しい」と言われたことのある、通称ハンマークラヴィーア、ピアノソナタ第二十九番を勝手に練習し、その次のレッスンの時に弾いた。一〜二週間で、ほとんど全曲を暗譜で弾けた。すると先生はびっくり仰天され、「それを弾いてもいい」と言ってくださった。それで、高校一年の音楽祭では、ハンマークラヴィーアソナタの第一、第四楽章を演奏した。

音楽祭の後、古文の授業中にステテコが、「この前、君はハンマークラヴィーアを弾いたが、三楽章のアダジオも弾くべきだった」と言うので、「でも先生、それでは長くなりすぎますよ」と返事をした。後で考えれば、一楽章と四楽章だけでも非常に長いのに、よく弾かせてもらえたものだ。一年生の女の子が難しいので有名なハンマークラヴィーアを弾く、というのは一種のアトラクションだったのかもしれない。

〈天王寺高校女子クラス騒動〉

天王寺高校は典型的な受験校で、かつ、元男子校だったせいか、かなり堂々とした男女差別があった。たとえば、朝礼の際など、男子全員が前に立ち、その後ろに体の小さい女子が並ぶことになっていて、女子には全然前が見えない、というような不合理なことがいっぱいあった。でも賢明な女子は怒るよりそれを逆に利用して、朝礼中に列を乱してさんざんおしゃべりしていた。どうせ先生方には見えないのだから。

しかし、二年生になる時、ちょっと我慢できかねることが起こった。

高校には公立と私立があるが、そのころは成績のよい生徒はお金のかからない公立に行くのが普通だった。公立高校は男女共学が原則となっている。しかし、当時は統計的に成績上位に男子生徒の方が多かったので、男女同じ点数で合格させるとすれば、特に女子に人気のない天王寺高校などは、男子ばかりになってしまう。そのため、せめて全体の三分の一が女子になるように、という大阪府からのお達しで、女子の合格点を下げてあった。そのおかげで、一年生の間は一クラス五十人中十七人が女子だったわけだ。

ところが、二年生からは、女子ばかりのクラスを二つ作って、あとの女子を各クラス均等に分ける、ついてはこの女子クラスに入る希望者は名乗り出るように、という主旨の説明会があった。希望者というのは名ばかりで、実のところは半強制的、男子の勉強の邪魔にならないように成績の悪い女子の多くを隔離する、という政策だった。

ずっと伝統的にそうしてきたらしいが、百人もの女子を邪魔者扱いしてひとまとめに隔離するとは、男女共学の原則に反したおおっぴらな男女差別としか言いようがない。公立高校がそんなことをするのは絶対に許せない、と多くの女子生徒は感じた。

それで、その説明会に女子全員が集められた時、同じ高校生とは思えないほどしっかりしていた西本さんが、まず「女子クラスの不当性」について糾弾し始めた。それを見た私も、あと数人の友人とともに、「そうだそうだ」と彼女を援護して、先生方をとっちめた。「説明会」は「糾弾会」となり大荒れに荒れた。そこに至って、どうやらそれまでにも先生方のあいだで揉めていたらしい「女子クラス問題」は、「女子クラス廃止」ということで解決を見た。

しかしそれではどうにも不満で、なんらかの差別を残さずには我慢のできない先生方がおられたらしい。不思議なことには、「将来、理科系に進むつもりの女子は名乗り出るように」とのお達しが出た。理科系と文科系で教科内容が違ってくるのは三年生になってからで、二年生ではまだ全員同じ教科内容なのに。

当時の感覚では「理科系」は成績のいい人の行くところだった。「自分は文科系」などと言ったらまた差別されると思い、本当は文科系に行くつもりでも「理科系」と名乗り出た人が多くいたせいもあって、「理科系希望者」は全部で五十人ほどになった。この五十人の〝自称理系女子〟を二等分して、男子と女子が同数というクラスが二つでき、残りの九クラスには「文科系」の女子が均等に分けられて、男子四十人対女子十人となった。

〈天高での芸術科目〉

高校での授業は大抵面白かったが、ただ一つ、嫌いな科目があった。それは音楽だ。芸術科目の音楽、美術、書道はどれか一つを選ぶことになっており、私は一年生の時、当然ながら音楽を選んだ。ところが、授業が始まってみると、「メマラソ」と呼ばれている音楽の先生（そらまめを逆さにしたような顔、という理由でつけられたあだ名）の授業は、歌ったり弾いたりすることはいっさいなしで、もっぱら譜読みの練習だ。

楽譜を「1はド、2はレ、3はファとラ、4は云々」というふうに読む。音に高低はいっさいつけない。誰がこんな読み方を発明したのか知らないが、びっくり仰天だ。日本や中国の伝統楽器、琴や尺八の楽譜を見せてもらうと、あ、い、う、え、お、のように文字で書かれているから、それを西洋音楽に取り入れる試みなのかもしれない。

生徒は一人ずつ順番に、まるで経を唱えるように楽譜を読み、スムーズに読めないと、「お前、なにやってるんだあ」とねちねち苛められる。また禅問答のごとく、どう答えたらいいのか分からないような質問をされ、他の生徒、特に音楽に自信のない男子は「分かりません」などと答えるのが恐ろしくて、みな必死で考えて何らかの返答をしては、その都度「お前、そんなことも分からないのかあ」と愚弄されていた。

ある時、このように男子生徒たちが一人ずつ順番に先生に叱られているのを見て、非常に腹が立ったことがある。それは、隣に座っていた北畑さんも同じだった。そこで私たち二人は申し合わせて、質問に答える順番が回ってきた時、「分かりません」「分かりません」と続けて立ち上がり、メマラソを激怒させた。私たちが音楽に特別優秀であることは誰でも知っていたから、効果抜群だった。

またある時は、こんなあほらしいことを真面目にやってられるか、と思い、授業中にこっそりトルストイの『復活』を読んでいたら、後ろの方にいたにもかかわらずちゃんと先生に見つかって、本を取り上げられてしまった。やむなく授業の後で謝りに行って返してもらった。

そんなわけで二年生になった時、音楽をやめ、美術を選択することにした。芸術科目を途中で変える人は滅多にいない。私の学年では、たぶん私だけである。私は絵を描くのは不得手だけれど、中学校で授業があっただけでも、筆も握ったことのない書道よりはマシであろう、と考えて美術にしたのだが、それは甘かった。

授業が始まってみたら、他の人はみんなすごく上手いのに、私だけ下手で、非常に具合が悪かった。一年生の時から美術を選んでいる更家君とその他十人あまり、みんな私からみればプロの画家のようだ。まともに描いていたら、太刀打ちできそうもない。

そこで思いついた奇抜な作戦、というわけではないが、そのころちょうど東京オリンピックがあって、我が家でも毎日白黒テレビで観戦していた。棒高跳びで延長戦のあげく敗れた、東ドイツのウォルフガング・ラインハルトの美しさに魅せられ、彼の肖像画を美術の時間に描くことにした。先生が「こういう絵はどう採点したらいいのか分からない」と困っておられたのを覚えている。

当然のことながら美術は最低点の六十点しか取れず、すべての学科の総合点で決まる席次はそのために大きく下がったが、それでも自由そのものの美術の時間は、地獄のような音楽と比べたら楽園のようだった。

〈女子が圧倒、二年生のクラス〉

二年生のクラスは、前述のように理系志望の女子二十五人に男子二十五人を加え、ちょうど男女半々のクラスだった。このクラスにはのちにジャーナリストとして活躍する茶村かすみさん、歯科医師を目指す加賀谷孝子さん、毒舌家の柴田さんらがいて、女子は非常に活発、休憩時間は四方山話で尽きなかった。更家君は隣のクラスで、そこも男女半々、そこには才色兼備の誉れ高い佐野さんや、あのしっかりした西本さんらがいた。西本さんはのちにフェミニズム研究の第一人者となった。

後になって聞いたことだが、この二つのクラスは女子があまりに元気で男子を圧倒していたため、それまで女子を軽んじていた先生方には異様に映ったらしい。これに懲りて、次の年からは男女を分けるような試みはいっさいしなくなり、すべてのクラスで男女が均等に振り分けられるようになったそうだ。

二年生の時は、大阪府の規則により女子だけ家庭科が必修だった。そのあいだ男子は数学の補習をしてはどうか、という案も先生方の間ではあったらしいのだが、女子が大反対しそうなので、家庭科の授業は男子が帰ってからこの二クラス合同で行われた。家庭科の授業というのは「女は家で」という古い価値観の象徴のように思えたし、また最大の関心事である大学受験とは無縁なので、誰もあまり真剣にやっていなかった。

ある時、料理実習があり、七〜八人ずつのグループに分かれて料理をした。私のグループでは、メニューの中の澄まし汁を、藤田京子さんが作っていた。彼女はだし汁に醤油を入れて味付けをしていたが、いくら入れても十分に塩気がつかず、「変だ、変だ」と多量に入れてしまってから、「うわあ、これ、ソースやった！」と叫んだ。どうりで塩気が足らないはず、醤油とソースを間違えていたのだ。彼女は真面目な性格で、何事も着実にやる人なのだが、どうやら家庭科ではやはり少々気が緩んでいたようである。先生にばれないよう、私たちグループメンバー全員、奇妙な味の澄まし汁を美味しそうに食べた。

〈高二の思い出あれこれ〉

ある時、更家君から「ツタンカーメン展を見に行かないか」と誘われ、私は家庭科の授業をさぼって一緒に見に行った。当時大変話題になっていたその展覧会の会場は、確か京都だったように思う。いきなりのことでなんの準備もしていなかったのに、即座に行くことに決めた。ツタンカーメン展そのものに興味があったというより、ボーイフレンドと一緒に学校をさぼって展覧会に行く、という大胆な行為が魅力的だったからだ。

家庭科だけさぼったのか、もっと他の授業もさぼったのかは、よく覚えていない。また、京都までの往復は時間がかかる。家に帰るのがかなり遅くなったはずだが、そこをどうごまかしたのか、それとも京都というのは記憶違いで大阪の博物館だったのか、そこらへんは今となっては不明である。お金を持っていなかった私は、加賀谷さんに「更家君とツタンカーメン展に行きたいのだけど、お金が足りない」と言ったら、「これ、持っていき」と小遣いをくれたので助かった。

これは二年生の最初の試験の後だったと思うが、数学の授業中に先生のジャガイモ（もちろんあだ名）が、「近藤、お前、ようできるやないか。儂（わし）は、お前はアホかと思とった」と言ったので、近藤君は「それはどうも」と返事し、あとの全員は爆笑した。近藤君は大抵の場合、とぼけた感じで頭をかきつつ笑って、あまり真剣な様子を見せたことがないので、私たち級友もどちらかと言えば先生と同じような感想を持っていたからだ。

この案外に優秀な近藤孝君は、学園紛争のころには、ほとんど紛争らしきものがなかった阪大の医学部で「ハチのムサシ」（当時の流行歌）のごとく、一人で権力に戦いを挑んでいたそうだ。

二年生の時のクラス担任は、一年生の時と同じく英語の小倉先生だった。この先生は珍しくあだ名がついていない先生で、生徒は「オグラ」と呼び捨てにしていたが、授業が厳しくてみんなに恐れられていた。成績超優秀でのち大蔵官僚になった犬井文男君ですら、「オグラ」と名前を聞くだけで「ゲッ」とのけぞったほどだ。

英訳の授業では、事前に予習していないとみんなの前でひどく叱られて恥をかくので、大抵の生徒は必ず予習していた。だが、私は英訳が得意だったこともあって、時には予習をサボった。

そんな時に限って当てられるものだ。

ある時、当てられたが、恐ろしくて「予習していません」とは言えない。立ち上がって、いかにも予習してあったかのごとく落ち着いた素振りで英訳を始めたが、一つだけ、どうにも分からない単語があった。でも、それを言えば予習していないことがばれてしまう。それで苦心の末、うまく意訳して、その単語をパスすることに成功した。

先生は「?」という顔をされたが、ごまかしぶりの見事さに感心してくれたのか、深くは追及されずに済んだ。

〈高校二年の音楽祭〉

ある時、私の席のとなりに前後して、乙部君と山崎君が座っていた。乙部君はブラスバンド部、山崎君はクラシック音楽愛好家だったので、話が合って、休憩時間中によく三人でしゃべった。

そのころ学校の音楽祭があって、私は北畑さんとグリーグのピアノ協奏曲を弾こう、と思いつき、彼女に持ち掛けた。高校のホールに二台ピアノがあったからできたことであり、どの高校でも可能だったわけではないだろう。また、音楽教師のメマラソにはひどいことをしてきたにもかかわらず、音楽祭の出演を快く許可してくれたのだから、彼にもいいところはあったのだ。

第一楽章は北畑さんがソロ、私がオーケストラ・パートを弾き、二、三楽章は私がソロで彼女がオーケストラ・パートを弾いた。乙部君はブラスバンド部で北畑さんのピアノをしばしば聴いて彼女を尊敬していたから、演奏会の前には、「お前、引き下げるなよ」と私に言っていた。しかし共演はうまくいって、ずっと後年になってからも多くの人が覚えていたほど好評だった。級友の高橋君の言によれば、他の演奏はおおむね「聴いてあげる」だったけれど、グリーグだけは「聴かせてもらう」だったそうだ。山崎君はこの演奏をテープに録音してくれ、後になって高橋君ともども何度か一緒に聴いた。

北畑さんは、二年生の終わりごろ、音楽大学に進むか普通大学へ進むかで悩んでいた。音楽大学に行くとすれば、落ちこぼれ覚悟で高校での勉強は最低限にして、ピアノの練習に励まないといけない。それまで勉強も頑張ってきた彼女としては、これはあまり嬉しいことではない。自分自身としては普通大学へ行きたいのだけれど、親戚一同に「ここまでピアノをやっておきながら音楽大学へ行かないなんて、もったいない」と言われて困っている、とのことだった。

結局は周囲に押し切られて音楽を選び、桐朋学園大学ピアノ科に入ったが、特にピアノが好きだったわけではないらしく、卒業後は紆余曲折を経て幼稚園の園長先生におさまり、ピアノはあまり弾かなくなったそうだ。

ここで私の進路に関して再度述べよう。高校二年生の時、物部先生が「東京芸大に進みたいなら、ピアノ科の教授に紹介してあげよう」とおっしゃった。当時、東京芸大に入るためには、毎週新幹線に乗って芸大の先生のレッスンを受けに行かねばならない、というのが常識だった。そのレッスン料たるや、一回少なくとも二万円（先生によれば五万円という話も）、電車賃と合わせれば非常な高額になり、私にはあり得ない話である。幸い、もうそのころには音楽大学へ進むつもりはまったくなかったので、がっかりすることなくお断りした。がっかりされたのは先生の方であったろう。

またその後、しばらくすると大学受験勉強のためピアノのレッスンを受けるのもやめた。阪大、もしくは京大の医学部を目指していた。

〈ダッシュちゃん〉

グリーグの協奏曲を録音してくれた山崎君は、目がぱっちりして端正なかわいい顔をしていた。性格は大人しくて控えめ、どこのクラブにも入っていないが、大変クラシック音楽が好きで、私に敬意を持ってくれていて、信頼できる腹心のような友人になった。

私はそれまで、家に昔からあったチャイコフスキーの「悲愴」とシューベルトの「未完成」以外には、ベートーヴェンのピアノ曲くらいしかレコードを聴いたことがなくて、交響曲はあまり知らなかった。ブラームスが好きな山崎君は、フルトヴェングラー指揮の交響曲一番を貸してくれた。私はそれを聴いて新しい世界が開けたように感動し、それからは自分でもレコードを買って聴くようになった。ベートーヴェンの交響曲、チャイコフスキーやラフマニノフのピアノ協奏曲などを、弟と一緒にいろいろ聴いた。特にロマン派の音楽に傾倒した。

女友達は、私が更家君という、いわば公認のボーイフレンドがありながら、山崎君とも仲良くしていることについて、私をさんざんからかったが、私はまったく動じなかった。毒舌家の柴田さんは、山崎君に〝ダッシュちゃん〟というあだ名をつけた。A、A′（エーダッシュ）のダッシュで、ボーイフレンドの二人目、というのがその理由である。彼はそのうち、自分がダッシュちゃんと呼ばれているのに気づくが、いっこうに気にせず、それどころか通信教育のZ会で自分のペンネームにしていた。

前述の犬井君は、私がクリスチャンであることを知ると、面白がって私に〝色気づいたクリスチャン〟というあだ名をつけ、しょっちゅうからかっていた。ある時、女子の長距離走で運動場をみんなでぐるぐるまわっていたら、「クリスチャン、頑張れよ！」という声援が聞こえてくるではないか。「このバカ、黙れ！」と思いつつ必死で走って、三位か四位になった。運動音痴の私としては上できである。

冬には学校の耐寒訓練で、金剛山登山をした。私は着ていくアノラックを持っていなかったので、加賀谷さんに借りた。彼女のお姉さんのアノラックだ。

私は山登りの経験がなかったから、非常食の準備などしていなかったところ、途中、雪の中でお腹がすいてふらふらになってしまった。山崎君がチョコレートを持っていたので、それをむしゃむしゃ食べて生き返った。下りは加賀谷さんたちとはしゃぎながら雪道を背中で滑り降りたが、あとで気がついたらアノラックの表面がざらざらになっている。しまった、と思ったけれどもう後の祭り。これはとても母には報告できない。それで加賀谷さんのお姉さんには申し訳ないと思いつつ、そのまま返した。

〈高校三年生〉

三年生になってほどなく、修学旅行で南九州へ行った。北九州に行くグループと南九州に行くグループがあって、どちらにするかは自分で選べたのだが、同じ行くなら少しでも遠い方へ、と思ったからだ。私と親しい友達は、申し合わせて南を選んだ。嬉しいことに、まだ新しくて親しみの少ない三年生のクラスでなく、二年生のクラスで行動したので、山崎君、加賀谷さんとはいつも一緒だった。また更家君は隣のクラスだけれど、しょっちゅう顔を合わせた。宮崎のサボテン公園、霧島、桜島、また帰りの瀬戸内海を渡る船の上などで写した写真は、主としてモノクロ、一部はカラーで、カラーの方はかなり変色してしまっているが、当時の楽しくかけがえのない瞬間の数々を甦らせてくれる。

三年生では理科系クラスで女子は八人しかいなかったが、加賀谷さんとはまた一緒になった。彼女のお姉さんは天高で二年先輩の有名な秀才で、阪大医学部に行っていて、自分はお父さんと同じ歯科医になるべく、阪大歯学部を目指していた。阿倍野中学出身の広瀬さんも同級で、理学部志望だった。また伊藤さんは二年生まで豊中高校へ行っていたのだが、どういうわけか天王寺高校に転入してきた人だ。彼女は私が医学部志望なのを聞いて、自分も医学部へ行きたいと親に相談したところ、「女の子が医学部なんてとんでもない」と一喝され、やむなく理学部志望になった。

夏休みに、涼しいところで勉強するため、長野県の更科郡大岡村というところの学生村に行った。当時エアコンのある家は少なかったので、夏休みに十分受験勉強ができるよう、信州の学生村へ行くことが流行っていたのだ。リーズナブルな料金で、食事つきで静かで涼しいところに長期逗留できる、とてもいい企画だった。

私と田島充子さん、山崎君の三人で一緒に申し込んだ。篠ノ井駅で電車を降りてからバスに揺られること一時間半、大岡村に着いてみたら、一軒の農家の一室に、私と田島さんが入り、隣の部屋に、山崎君が東京から来た男の子と一緒に入ることになっていた。東京の子は東大志望で、かなりのハンサムだ。私と田島さんの二人は、彼の様子を見るべく障子に指で穴をあけて覗こうとしたら、山崎君が穴を手でふさいだりした。

残念ながらこの東京の子は付き合いが悪く、勉強ばかりしていて会話はさほどはずまなかった。ここの農家のおばあさんが長野の善光寺に連れていってくれたし、また学生村での遠足もあったのだが、東京の子はなんにも参加しない。大阪の三人はすべてのイヴェントに参加して楽しんでいたのだが、入試では、私たち三人共現役で志望校に入っているのに、東京の子は浪人した。勉強はほどほどにした方がよい、ということか。

三年生後半は受験勉強に忙しくて、目立った出来事といえば運動会くらいだった。三年生は毎年、陸上ボートという張子の山車（だし）を作って行進し、各クラスでそのできを競い合う。山車を担ぐのは男子ばかりだが、これを作るのは男女協力し、何日間も一所懸命に働いた。私はそもそもスポーツが大の苦手、運動会はいつも大嫌いだったのだが、この年だけはなかなか楽しかった。

運動会のもう一つのイヴェント、フォークダンスの時は、相手が次々と入れ変わるのが普通であるが、更家君と私は列から抜け出して、ずっと二人で踊った。忘れがたい青春の一幕であった。

そのころになると、どこの大学を受けようかと、友達の間で話し合っていた。二年生で

高校３年の運動会、更家君と

同級だった茶村かすみさんは、「自分は東大を受けたい、一緒に行こうよ」と誘ってきた。しかし私は、「東大医学部は合格できそうに思えないし、また合格したとしても、東京のように馴染みのないところにいきなり行って、生活できる自信がない、私は奨学金だけでなんとかやっていかなければならないから」と言うと、彼女は、「絶対なんとかなると思う、自分は大学生になったら親に仕送りするつもりだ」と言う。彼女の家も私と同様、あまり豊かではなかったのかもしれない。私は彼女の誘いにはのらず、安直な道、とは言えないものの天高生のスタンダードコースである京都大学を選んだが、彼女は自分の意志を貫いて東大の文学部に入った。本当に親に仕送りしたかどうかは知らないが、その心意気には脱帽だ。

私のクラスの担任は、〝ワッショイ〟というあだ名の数学の先生で、ものすごくユーモラスな人だった。ある時、一人の生徒が黒板の上で問題を解いたところ、式が間違っているのに、答えが出た。すると先生は（「ローレライ」のメロディーで）「なじぇーかは知らねーど、こたーえがー出たー」とひとしきり歌ったのち、「あかんぞ！」と言ったので、全員笑いころげた。ワッショイは他の多くの先生と違って、その大学は無理、この大学も無理、などと言わず、生徒の意思を尊重してくれたので、たいていの生徒は自分が最も受験したい大学を受験した。これは合格率を気にする受験校としては珍しいだろう。そして入試の結果が判明したら、私のクラスの合格率は学年最高で、ほとんどの級友が現役で合格した。また他のクラスにいる友人たちも、大半が第一志望校にすんなりと入った。

4．京都大学に入学して

〈祖母の家〉

京都大学医学部に入学してしばらくの間、京都にいる祖母（母の母）の家に住んだ。祖母は母が女学生だったころに祖父と離婚し、ずっと後になってから再婚して、さらに二人の子供をもうけた。年下の子供、敏ボウは母の弟で、私の叔父にあたるわけだが、私よりたった二つ年上なだけなので、叔父というよりは兄という感じだった。

私が小さい時には、母と弟と三人でよくこの祖母のところへ行ったし、また祖母の方も自分の子供を連れて我が家に遊びに来た。私はそのころ祖母と祖父が「元夫婦」であることをまったく理解していなかったが、子供にとって不愉快なことは一度もなく、いつも和気藹々（わきあいあい）としていたと記憶している。

私だけ一人で一カ月あまり祖母の家に預けられていたこともある。三歳くらいの時だ。その時には私が祖母の家族の一員になりきってしまい、迎えに来た母の顔を見ても飛びつく気分にはならなくて、もじもじしていた。母は「よそのおばちゃん」といったよそよそしい態度の私に、ショックを受けたそうだ。

祖母の二度目の夫は胃がんで早死にしたので、祖母が夫の商売を引き継いで、京都の伝統産業である甘酒の製造販売をしていた。

しばらくのあいだ祖母の家から大学へ通ってみたのだが、そこは京都の西南端にあり、市バスや市電を乗り継いで北東部にある京都大学へ行くには結構時間がかかるので、数週間で方針変更して、住み慣れた大阪の家から毎日電車で通うことにした。

〈京都大学での最初の授業〉

大学の最初の二年間は教養課程で、専門の科目はほとんどなく、主として一般教養の勉強をすることになっていた。医学部の学生も、一回生の時は医学部らしい授業といったら「保健」だけで、あとは、語学（英語とドイツ語）、数学、体育などの必修科目と自由科目（教育学、政治学、美学など）があり、後者はよその学部とも共通の授業だった。だから、他学部の友達にも時々は授業で出会うことがあった。

大学での授業は、生徒がすべてを理解吸収することを前提としている高校の授業とは異なり、内容の程度は高いが、あまり教育的配慮がなされていないものが多かった。数学など、高校では好きでかつ得意だったのに、授業がさっぱり分からない。授業をしているのが偉い学者だからそうなるのだろうか、学生が分かっていようがいまいが先生にはどうでもいいことらしい。将来的に数学を必要としない医学部の学生相手の授業なので、先生が真剣にやっていないからだ、という説もあったが、私は自分の頭の悪さ加減に落ち込んだ。なんとか分かるようになりたいと、スミルノフの『高等数学教程』などを買って読んだが、やっぱりあまり分からないでいる間に興味を失って、ギブアップした。

ちなみに、数学の授業が分からないのは私だけではなかった、というより私のクラスほとんど全員が分かっていなかったので、単位だけはちゃんと取れた。

医学部の必修科目「保健」では、夏休み前にテストがあった。それがかなり難しくて、なんと、八〇パーセントの学生が落とされてしまった。私は運よくパスしたが、九人の女子のうちでパスしたのは私だけである。そしてしばらくすると、多くの同級生が大きな紙束を抱えているので、どうしたのかと聞けば、保健のテストに落ちたために宿題を出され、夏休み中に多量のアンケートの統計を取らないといけない、という。

その数か月後、新聞に「背の高さとＩＱには相関関係があり、背の高い人の方が背の低い人より統計的にＩＱが高い」という研究報告が載っていた。研究者は保健の川畑教授だった。

当時、「乳房の大きさとＩＱは負の相関関係にある」という説があって、ボインを誇る友人を怒らせたものだが、この川畑教授の研究も、そのバカバカしさにおいて大差ないではないか。こんな無意味な研究のために医学部の学生を働かせようと、テストをわざと難しくして多くの学生を落としたらしいので、私はかなり呆れた。

大阪から京大へ通っている天王寺高校出身の学生は、結構たくさんいた。医学部で一年上の淀井淳司さん、文学部の杉本篤子さん、理学部の西村秀夫君らとは、ほとんど毎朝のように同じ京阪電車に乗り合わせた。淀井さんは、私が通っていた阿倍野中学の隣にある文の里中学出身で、生徒会の関係で私はそのころから知り合いだった。京大医学部を一番で合格したという、とびきりの秀才だ。杉本さんは美声の持ち主で高校では音楽部に所属、大学に入ってからはハイマート合唱団（後述）に入っていた。一方、西村君は高校でホッケー部だったそうで筋肉質、色黒で丸い目のベビーフェイスだった。四人がけの席にみなで座ってわいわいしゃべっていたら、「静かにしてくださいませんか」と他の人から注意されたこともある。

〈京都大学音楽研究会との出会い〉

ほどなく、私はピアノを弾くために音楽研究会（音研）というクラブに入った。音研は、

「ハイマート」とドイツ語の名前のついた合唱団と、ソログループという、一人で弾いたり歌ったりする人たちで成り立っていた。京都大学には京大合唱団というクラブもあったが、そちらは女声がおおむね他学の女子大生だったのに対し、ハイマート合唱団は女声も全員が京大生、というのがキャッチフレーズだった。教養学部の正門を入ってすぐに左の方に向かって行くと、新徳館という半分朽ち果てた古めかしい建物があった。音研の部室はその中にあり、かなりオンボロながらもピアノが三台もあって、うち一台はグランドピアノだった。

私が音研のソログループに入って間もなく、部内発表会というのがあったが、その時、かなりびっくりすることがあった。先輩の方々の多くが、技術的にとても無理としか言いようのない難しい曲を弾いておられて、聴いているとはらはらする感じだ。ところが、先輩たちは、そういう演奏について「音が美しかった」とか「情感があった」とかなんらかの長所を見つけて褒め、私が弾いたショパンの「革命のエチュード」については、何もいいことを言ってくれないばかりか「音が汚い、自分の演奏をよく聞いていない」だのとけなされた。自分たちが努力に努力を重ねてやっと演奏しているのに、なんでも簡単に弾けてしまう奴がいるのは許せない、という妬ましい気持ちから評価が悪かったのだろうか。

ともかく、音研の最初の印象は、まったくよくなかった。それでいやになり、こんなところへはもう来るまい、と思った。一回生の六月ごろだ。

　ちょうどそのころ、医学部ボート部でマネジャーにならないか、と勧誘されたので、そちらへ行ってみた。マネジャーといったら、自分で漕ぐわけではなく、マスコットのようで気楽なものだ。みんな親切にしてくれて居心地はいいし、しばらくそこにいた。

〈生まれて初めての山歩き〉

　夏休みになってすぐのこと、もと天王寺高校ブラスバンド部の友達グループに私と西村君が加わった約十人で、尾瀬、燧岳（ひうちだけ）、至仏山（しぶつさん）などを一週間歩いた。桐朋学園の学生になっている北畑さんもいた。それまで見たこともない美しい自然の中で、さんざん汗を流しつつ歩いて頂上を極め、そこから三百六十度の眺望を満喫した。下りは膝がガクガクになって、走ったりよろめいたりしながら降りた。膝が笑う、という言い方を覚えた。「長藏（ちょうぞう）小屋」という山小屋では、実に汚い湯の釜風呂に入った。山では水は貴重品だから、釜風呂の湯をあまり入れ替えない。だから湯は最初きれいだがだんだん汚くなる。私たちは途中、予定よりも長くかかって、暗くなってから山小屋にたどり着いたので、相当汚いお風呂に入る羽目に陥ってしまったわけだ。夜には、部屋に少しでも多くの人を詰め込めるように、登山服のままでみんな平行に横になって、男も女もなく雑魚寝。そして次の日の弁当は、山小屋で作ってもらった大きなおこげのおにぎりだ。これが美味しかった！

本格的な山歩きをしたのは生まれて初めてで、しんどかったことも含めて素晴らしい思い出になった。

〈苦労した祇園祭〉

西村君とはこのころから時折デートし、金閣寺や国際会議場へ一緒に行ったし、『オリバー』など、映画も見に行った。彼の家は地下鉄で一駅南の西田辺にあり、昭和町の私の家からは近いので、ときどき家にも遊びに来た。

祇園祭の時、医学部ボート部の団員は毎年山鉾を曳くアルバイトをする。当時マネジャーの私は、「山鉾がいったん止まる四条河原町（烏丸だったかもしれない）で、コーラを差し入れしてくれ」と頼まれた。私はそれまで祇園祭には行ったことがなかったので、それがどんなに大変か思いもよらなくて、簡単に引き受けた。西村君に助けてもらって、猛暑の中コーラを二箱抱え、汗にまみれて現場に行ったが、すごい人ごみでなかなか山鉾に近づけない。これでは無理、と諦めかけたが、山鉾を曳くのはもっと大変だ、コーラを届けなかったらみんなにさぞ恨まれるだろう、それでは後日合わせる顔がない、と思い直し、人ごみを押し分けかき分け山鉾にたどり着いてコーラを配った。西村君のおかげで任務は達成したが、せっかくデート気分で着ていたワンピースなど、汗まみれでぐちゃぐちゃになった。

マネジャー業も楽ではないと悟り、以後ボート部へは足が遠のいてしまった。

音研の第一印象は悪かったとはいえ、やはりそこへ行かないとピアノが弾けないので、夏休みが終わるとまた部室に足が向くようになった。最初は遠慮がちに大人しく、しかし時がたつにつれて、図々しく音研へ顔を出し始めた。

〈京大合唱祭の顛末〉

その年の秋、京都大学の合唱祭に、医学部の私のクラスと京都女子大の一クラスとが合同で参加することになった。京大に女子学生が少なかったので、それが例年の合唱祭のやり方だったのだ。男子学生にとっては、ガールフレンドを見つけるいい機会だったのだろう。

私はこの時、合唱の指導と指揮を任された。合唱祭の前に、練習のために京都女子大の人たちに一度京大へ来てもらったが、なんらかの行き違いで、彼女らを十五分ほど待たせてしまった。すると彼女らは「自分たちはこのためにわざわざ大切な授業をサボって来たのに、こんなに待たされるなんて、あり得ない、許せない！」と、ものすごい剣幕で怒りまくる。授業をサボったのは私たち京大生もだし、そんなに大袈裟に言わなくてもいいのに、と内心思いつつ、ほうほうの体で謝って許してもらい、練習に取りかかった。

シューベルトの「菩提樹」をドイツ語で歌おうと、黒板にカタカナで読み方を添えて歌詞を書き、練習し始めた。医学部では必修科目としてドイツ語を習っているし、勉強にもなる。そもそもドイツ歌曲をドイツ語で歌うのは当たり前のことだし、よもや、反対者がいるなどとは思わなかった。ところが、女子大生の一人が、「なぜ、日本語で歌わないの？日本語にしましょうよ」と言い出し、他の女子大生が口々に賛同し始めた。京大生の方は、ただただ唖然として黙り込んでいる。私は先ほど謝らされたばかりでもあり、頭が上がらない。

かくして彼女らの言いなりに日本語で歌うことになってしまい、もうこりごり、と思った。

〈初めてのスキー〉

一回生の冬に、再び北畑さんらのグループで信州へスキーに行った。私と一年上の先輩（男）だけが初心者で、あとの人は全員がすでに滑れる人たちだったので、私は先輩と二人でスキー学校に入った。生徒はわれわれ二人だけの、ほぼマンツーマン授業だ。幸か不幸かこの先輩は運動音痴の私に輪をかけて運動音痴らしく、相対的に私が優秀に見えたのか、スキーの先生は「この人は素晴らしい！」と私を大袈裟に褒めてくれた。

それに力を得て、ある時勇気を奮ってリフトに乗り、山の頂上まで行った。他の人たちが頂上からスイスイと気持ちよさそうに滑って降りているのが羨ましかったからだ。私は斜滑降とボーゲンを少々習ったばかり。頂上に着いてみると、下から見れば緩やかに見えたスロープが上から見ればものすごく急で、怖くて仕方がない。とても滑り出せたものではない。うろたえている間に、一緒に上ってきた友人たちはさっさと下のほうへ滑り降りてしまった。

いつか、巣箱から出てきたばかりのムクドリのヒナたちが、母鳥に「飛べ」と促されているのを見たことがある。ヒナ鳥は次々に飛び立つが、中には落ちこぼれがいて、木の枝にとまったまま、怖くて動けないでいる。あの時の私は、あの落ちこぼれヒナ鳥の心境だ。しかし私にとってのスキー能力は鳥にとっての飛行能力ほど重要ではない、無理する必要はない、と賢明な判断を下し、その場でスキーを脱ぎ、肩に担いで歩いて下りた。そして以後は、分相応に下の方でヨチヨチと滑った。

ちなみに、先輩は途中で片脚を捻挫して滑るのをやめてしまった。最後まで滑り続けただけでも私はよくやった、と思うことにした。

5．学園紛争の幕開け

〈二回生、人間関係の変遷〉

二回生になって、音研に、何人かの後輩が入ってきた。大城閑君、井上建夫君、田中まゆこさんらである。大城君は農学部で、素人離れした素晴らしいバリトン歌手だった。

それまではさほど居心地のよくなかったクラブだが、後輩ができると、途端に居心地のいい場所になった。前述のように、先輩たちは妬みもあってか、もう一ついいことを言ってくれなかったのだが、後輩たちは、私のピアノをおおっぴらに賞賛してくれた。大城君のような名歌手がいるので、共演する楽しみもできた。

そんなわけで部室にいる時間はどんどん増え、授業はしばしばサボって部室にこもり、ピアノを弾いている、というふうになってきた。六月の部内発表会では、シューベルトの「さすらい人幻想曲」を弾いて大好評だった。一年前とは様変わりである。

このころまでは親しく付き合っていた西村君であるが、しょっちゅう付きまとわれるの

がだんだん煩わしくなってきた。そこで、

「こんな、鎖につながれているみたいなんは嫌。もっと自由になりたい」と言ったことがある。彼はむっとして、「俺だったら、喜んで鎖につながれているけどなあ」と言い返してきた。

そんなある時、音研の先輩で、文学部哲学科の修士課程にいる細木さんが、「僕の妹になってくれませんか」と声をかけてきた。彼はエマニュエル・カントの専門家で、『純粋理性批判』を全部ドイツ語で読まれたとのこと、当時の私にはまったく想像もできない精神文化の世界だ。それで、外見的には特に好みではないけれども、興味が湧いた。西村君は根っからの理科系で、私の知らないことをいろいろ知っているという面白みがなかったから、そのせいもあるのだろう。

「妹」というのだからどうということはあるまい、どうなるのか見てみよう、と軽く考えて、「いいですよ」と言った。西村君にその話をしたら、当然ながら、ショックを受けてすごく怒ったけれど、私は彼にもうあまり関心がなくなっていたので、大して気にしなかった。彼をどう納得させたのかは覚えていないが、そのうちに、彼と会うのをやめてしまった。

二回生が終わるころ、電車通学をやめ、下宿することにした。最初、音研の先輩の女性が住んでいる四条蛸薬師の小さな下宿に入ったが、大学から遠いので数カ月でやめ、下鴨の萩ケ柿内町に移った。そこは一人暮らしのおばあさんの住んでいるとても立派な家で、高校で同級だった薬学部の藤田京子さんが同じ家に下宿していた。しばらくしたら音研の後輩の田中まゆこさんもそこに住むようになり、あと一人薬学部の学生が加わって四人になった。この下宿には一年近く住んでいたと思うが、あまりに上流階級の家すぎて、洗濯物が干せないなど、何かと窮屈であり、また大学への交通の便もあまりよくなかったので、医学部に近い吉田中安達町に田中さんと一緒に引っ越した。

三回生になると、音研に新たに後輩が入ってきた。文学部でピアノの豊嶋真理子さん、バリトン歌手の川上博史君、フルートの三井澄夫君たちだ。もうこのころには私の演奏に難癖をつける人はいなくなって、音研は自分の家のように快適な場所だった。部内発表会ではショパンの「英雄ポロネーズ」や「バラード四番」、セザール・フランクの「前奏曲、コラールとフーガ」などを次々演奏し、また大城君の伴奏者としてシューベルト、シューマン、ヴォルフなどの歌曲を演奏した。

〈基礎医学の授業〉

医学部では、三回生から本格的に医学の授業が始まる。最初は、解剖学、生化学、生理学など、基礎科目ばかりが、ずらりと並んでいた。

しかし意気込んで授業に臨んでみたものの、生理学など、聞いてもさっぱりわからない。担当の教官は学生を指導するというより、自己満足のために授業をしている感じで、もっぱら自分の研究成果を授業中に話しておられ、その際、学生が理解していてもいなくても、全然気にならない、というふうだ。教養課程の数学と同じような傾向だ。

自己弁護に聞こえるかもしれないが、京大の先生方の中には、学者ではあっても教育者ではない方が多数おられたように思う。

分からないものを聞いても仕方がないので、分からない科目はもっぱら教科書で勉強することにして、授業をサボるようになった。当時、役に立つ本はたいてい英語であったが、英語の本を斜め読みするのは高校時代からの特技であるから心配には及ばない、なんとかなるであろう、と楽観的に考えた。そしていったんサボる癖がつくと、サボることへの抵抗がなくなり、だんだんにサボる授業が多くなって、教養課程の時と同じように、クラブの部室にしょっちゅう行ってピアノの練習をしていた。

とはいえ、試験の時だけは、極めて熱心に勉強して単位を落とさないようにしていた。我ながら不思議だが、単位を落として追試を受けた覚えは、解剖実習の最初の口頭試問を除けば一度もない。もっとも、その後大学紛争が起こったので、全部の基礎科目できちんと試験が行われたかどうかはよく分からない。組織学など、試験になったらどうしよう、と困っていた記憶はあるのに、勉強を熱心にした覚えも、試験があったという覚えもない。紛争がすべてをうやむやにしてしまった。

追試を受ける羽目に陥っておれば、その科目だけでももう少し時間をかけて勉強したであろうに、結局、どの科目も深くはやらず素通りしてしまったような気がする。

〈藤村るり子先生との出会い〉

おおよそこのころ、音研の先輩で京大教養部の教授だった芦津丈夫先生が、私をぜひとも藤村るり子先生に紹介したい、とおっしゃった。音研同窓会の際に、私が演奏したシューマンの「交響的練習曲」を聴いて感心されたからだそうだ。藤村先生はピアニストで、その昔、音研ができたてのころ、彼女のリサイタルを音研で主催したことがあり、そのご縁で先輩の方々は先生をよく知っていて、時には教えてもらったりもしていたのだ。

それである日、北区紫竹にある藤村先生のお宅を伺った。聴いていただくために、バッハの平均律一曲と、シューマンの「謝肉祭」を準備してあった。バッハをほんの数小節弾いたところで、先生は、「あなたは今までの人とはレベルが違うので、今日はレッスンではなく、聴かせてもらうだけにしたい」とおっしゃった。バッハを全部弾いてから、「謝肉祭」を真ん中くらいまで弾いたところで止められ、先生はかなり興奮された様子で、「私にはシューマンは教えられないので、次回には、何かクラシックなものを持ってきてほしい」と言われた。それで、初回のレッスンのためにモーツァルトのソナタKV570を準備する、とその場で決めた。その後は、三カ月に一度くらいのペースでレッスンを受けて、主としてバッハとクラシックを習っていた。

そのころ自分が一番好きで、レパートリーの中心だったショパンやシューマンは、今まで通り自己流で弾いていた。

〈学園紛争の前触れ〉

細木さんとは、吉田山を歩いたり、あちこちのお寺へ行ったりしてデートした。三重の松阪にある実家にお邪魔したこともある。「妹に」などと言ったのは嘘で、私をガールフレンドにするための口実だったらしい。なんにしても、年上の哲学者からはいろいろ学ぶことが多かった。ある時、「神の存在を証明してあげよう」と言われ、興味深く拝聴すれば、言わんとするところは、「神はいない、と証明することは不可能である。だから、神は存在する」というようなことだった。私は狐につままれたような気分だったが、哲学とはそういうものか、と思うことにした。

　このころ、学園紛争がくすぶり始めて、学生は中核、核マル、社学同などの三派と呼ばれる新左翼と、日本共産党の下部組織である民青との、どちらを支持するか、選択を迫られた。このどちらにも属さない、という選択肢もあることはあったが、それを表明するにはかなりの勇気を必要とした。私のクラスではただ一人、解剖学の教授を目指していると噂されるY君が、「右翼」とは言わないけれども「自分はどちらにも属さない」と表明して、旧体制を批判する他の学生と堂々と対決し、総スカンを食らっていた。
　私はあまりにも現実離れした新左翼の主張がどうにも受け入れられなかったのと、大学が本当に崩壊してしまって医者になれなかったら大変、という思いから、とりあえず穏便な「民青」のシンパになった。友人の藤田さんも田中さんも民青のシンパだった。また細木さんは民青が主流の大学院生協議会に属していて、民青の組合員らしかった。

〈関口君事件〉

　音研では、いまやたいていの人が私のファンだったので、その私と付き合っている細木さんは妬みの対象になり、時には嫌がらせを受けていた。ある時など、部室に「細木おじいさんが孫の真理子さんとどこそこへ行ったところ、云々」と落書きされていたこともあった。

このころに、大城君と京都の洛星高校で同級生だった理学部の関口君がクラブに入ってきた。彼は音研としては珍しいクラリネット奏者だった。通常クラリネットのようなオーケストラ楽器の人は京大オーケストラに入るのが普通だったから。

ほどなく、関口君はしょっちゅう部室にいるようになった。友達の大城君がクラブ内で実力者としてみんなに一目置かれていたから、関口君は最初から居心地がよかったのかもしれない。そのうち、なぜそういうことになったのか知らないが、入ってきたばかりの彼が音楽研究会の部長になった。そして、私を好きだと言い始めた。

すでにのべたように、このころ多くの人が私のファンではあったが、普通ならファンはファンで終わっているものである。ところが、関口君の場合、男子校出身で女性との接し方をわきまえていなかったせいか、大騒ぎを始めた。

ある時、やがて始まる解剖実習に備えて、私はそれまで腰のあたりまであった長い髪をばっさり切ってしまった。そうしたら、彼は「今まで、髪が長いから好きだったのだけど、髪が短くなったらますます好きになった」と言い、それからというもの、「あなたは僕の星です、月です、太陽です」といったラブレターが連日来るようになった。そのうち、「僕と細木さんの、どちらを選びますか」「僕は、選ばれなければ死ぬつもりです」「昨日、死のうと思って自動車の前に飛び込んだけど、ダメでした」などと、物騒なことになってきた。

私は別にどちらを選ぶつもりもなかったが、これでは迂闊に返事できない。それでクラブの他の人たちに事情を話して助けを求めた。医学部で一年先輩の佐々木さんなどが、彼をなだめに行ってくれた。すったもんだの末、彼はクラブを飛び出し、この問題は解決したが、ついては部長がいなくなってしまった。そこで、この騒ぎのころよくクラブにいた武内君が次の部長になった。武内君は医学部の一年後輩で、当時「バイエルクラス」というピアノの初心者グループがあったのだが、彼はその一人だった。

〈解剖実習〉

三回生の終わりの冬の三カ月間、解剖実習があった。死体が腐敗しにくいよう、解剖実習は冬と決まっていたのだ。いくら授業をサボる常習犯の私でも、これぱかりは、どうにもサボるわけにはいかない。これこそ医学部学生でなくては絶対に経験できない貴重極まりない授業である。われわれのために自分の体を提供してくれた人たちの遺志を無駄にしてはいけない。そういう健気な決意のもとに、前述のように長い髪を切り落として解剖実習に臨んだ。

六人一組で一つの死体を受け持ち、頭、上半身、下半身の左右を一人ずつで担当して皮を剥ぎ、筋肉の一つ一つ、内臓をバラバラにしていった。この実習は、死体相手で精神的負担が大きいだけでなく、ホルマリンの強い臭いが体中にしみついて、まったく厄介だったが、一緒にやっている仲間がいるから、なんとか我慢できた。一人だったら気が変になるだろう。

私は名簿順で隣になる辻君とペアを組んでいた。彼は大阪の高津高校出身、高校時代は美術部の部長だったそうで、一度見事な絵を見せてもらったことがある。小柄ながら芸術家らしい風貌で、親切で剽軽（ひょうきん）、解剖も彼と一緒だから耐えられたと言えよう。実習期間中に一緒にキョートアリーナでスケートをしたこともある。

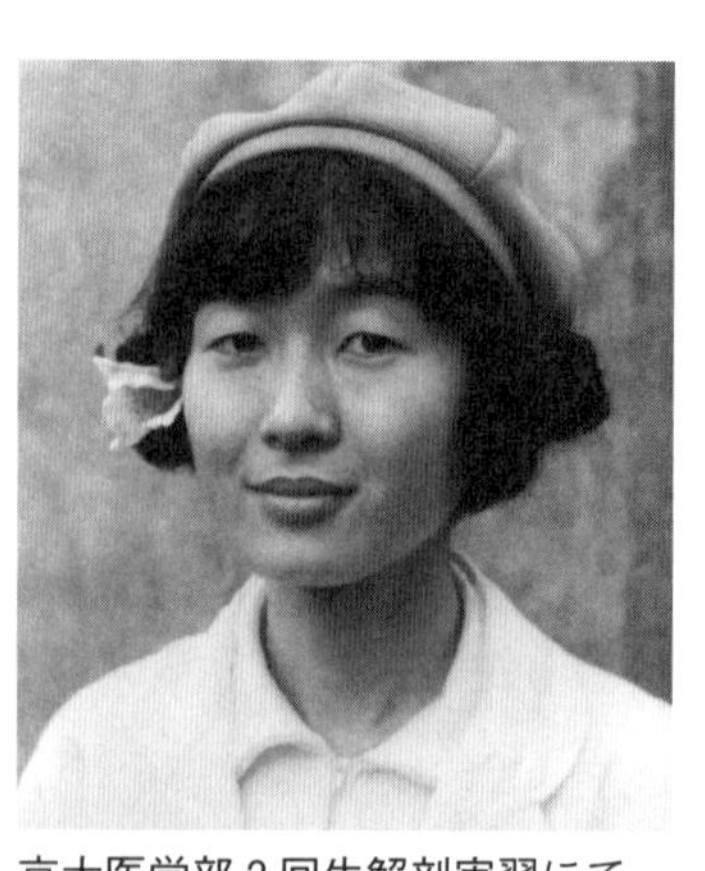
京大医学部３回生解剖実習にて、上原鳴夫君撮影

一カ月ごとに口頭試問があり、教授の質問にパートナーと一組で答えるのだが、訊かれた方が答えられなかったら、共同責任で二人とも落ちた。最初の口頭試問で、教授が開口一番「これは何か」と訊かれた際、辻君は一瞬「ああっ」と答えるのをためらった。すると即座に「落第」と言われてしまった。二人ともショックを受けたが、次回からは要領よくなって、再

度の落第はまぬがれた。

腹部の解剖をしていた時、私と辻君の扱っていた死体は、亡くなる直前、長く便秘をしていたらしく、大腸に便が多量につまっていた。それを水で洗い流しつつ、辻君が「俺は糞尿愛好者になった気分だ」と言い、周りにいた者はクスクス笑いをした。

解剖実習は、私のクラスがクラスとして機能していた最後の授業であった。

〈紛争の勃発〉

解剖実習が終わってしばらくしたら、医学部の私の学年はストライキを始め、授業がなくなった。よその学年も、だんだんにストライキになって、そのうち、大学中がストライキになった。学生は、新左翼急進派（三派）と民青に分かれて、どちらも左翼を標榜しながら、民青は新左翼を〝ゲバ学生〟と呼び、新左翼は民青を〝反革命の民コロ〟などと呼んで敵対していた。右翼と自称する人はほとんどいなかったので、ある時、音研の先輩の田辺さんが、ゲバ棒を持った学生に「お前は三派か民青か」と訊かれ、「どちらでもない。右翼だ」と答えたら、相手は予想しなかった答えに驚愕のあまり、なすすべを知らず、すごすご立ち去ったのだそうだ。

時計台のある京大本部が新左翼に占拠されるという噂が流れた前夜、当時の京大総長奥田東は、民青を中心とした反対勢力にヘルメットを配って大学の防御を促し、「逆占拠」という状態になった。私も逆占拠に加わって大学の中に立てこもった。空から石が降ってきて、防御用にさしていた傘に穴があいた。死者こそ出なかったが、多くの学生が負傷した。

この大紛争が始まる直前、音研では、新しく購入したばかりのグランドピアノをどうやって守ろうかと協議した末、近くにある、ハイマート合唱団員の家に疎開させることになった。これは大変賢明な判断だった。その数週間後、部室に残っていた二台の古いピアノが、何者かの手により、ハンマーを折られたりして破壊されたのだ。グランドピアノがその家にあった間に、私は何度か練習させてもらいに行った。そしてそのピアノは騒ぎのやや落ち着いた三カ月後に、無事、部室に戻ってきた。

私の医学部のクラスは大半が新左翼のシンパで、民青は少数派だった。なぜみんながそれほど新左翼を支持していたのか、私にはよく分からない。本当に理論的に傾倒し、「自分たちが今までやってきたことは正しいのか、このまま医者になっていいのか」と自らに問いかけて権力に歯向かっていたのは、一部の人だけではないだろうか。私の学年では新左翼を理論的にリードして引っ張っていたのは天王寺高校時代から知り合いの上原鳴夫君で、彼は私の知る限りでは、頭がいいと同時に可愛げがあり、みなに好かれている人だった。同級生の多くは、彼の人格に魅せられてついて行った面もあるのかもしれない。

なんにしても、このように紛争が激化すると、それまでの仲間とも敵同士になってしまい、大半の同級生とは、辻君のように親しかった人も含めて、話をしなくなってしまった。「団交」がしょっちゅうあって、医学部の偉い教授たちが学生に吊し上げられていた。私からみると、学生が無理なことばかり言って、先生方が気の毒、と思えることの方が多かった。それで私は医学部には近寄らないことにして、クラブの部室で毎日を過ごした。

〈当時の音研活動〉

音研には以前から、私と同じ学年の別宮君が中心になって、演奏よりも音楽上の議論をする「音楽研究会」の名にふさわしいグループがあり、「パレストリーナがどうの、メシアンが、ブーレーズが……」といろいろ論議しては音研の会誌に載せていた。医学部先輩の高橋隆幸さん、後輩の小野山君、井上君、三井君たちがその活動を熱心にやっていた。

ところが、紛争が激化してから、別宮君はどうやら新左翼の理論に傾倒してしまったらしく、ゲバ学生の側で闘い始め、クラブにはいっさい顔を出さなくなった。彼以外にも、温厚な人柄でみなに慕われていた先輩で教育学部の安川さんが、同様にゲバ学生の仲間入りをした。そして紛争が終わった時には、両者とも大学から姿を消していた。真剣に学園紛争に取り組んだ人の中には、そのように学業をやめてしまった人が結構たくさんいたのだ。

そういうわけで、この理論派グループは、別宮君というルネッサンス音楽専門家がいなくなって以来、主として現代音楽を扱うようになり、「現代音楽グループ」という名がついた。

しかし私は音楽論には関心を持たず、考えたり書いたりする活動はほとんどしないで、もっぱら演奏に専念していた。その一つの理由は、音楽の印象を言葉で表現することがどうにも苦手で、いくら頭をひねっても適当な文章が浮かんでこなかったからである。たとえば、自分で弾く曲の解説に、「滅亡した祖国を想う深い悲しみが聴く者の心を打つ」とか「波の動きが余すところなく見事に表現されている」とか「神の栄光を称える宗教的悦楽の境地」など、とても書けたものではない。もしそう聞こえなかったら困るではないか。

だから、どうしても書かざるを得ない羽目に陥った場合には、どこかの本からこっそり頂戴した。他人の文章だと自分に責任がなくて気分的に楽だ。今日なら、「これは誰それが言ったことだが」と、いちいち注釈をつけないといけないところだが、当時は幸いインターネットなどなかったので、拝借してもバレて吊し上げられる心配はなかった。他の人たちもあちこちから文章を取ってきて書いていたのではないかと思うが、証拠はない。

最近になって、昔の音研会誌に、私が書いたとされる文章を見つけた。「バッハの平均律集の一曲におけるフーガの構造は云々」、といった極めて学術的な内容で、当時の私が理解して書いたとは到底思えない。どこから引っ張ってきたものやら、呆れるばかりである。

このころには、昔大好きだったベートーヴェンはほとんど忘れて、ロマン派一辺倒になり、ショパンの「舟歌」、「幻想ポロネーズ」、シューマンの「クライスレリアーナ」など、ショパンとシューマンばかり弾いていた。

ある時ふと思いついて、「ショパンワルツ全曲演奏」という企画を立て、一番から十四番まで、「弾きたい曲に名前を書くように」と部室に張り紙しておいた。すると、今までショパンなど弾いたことのない人たちが、バイエルクラスの初心者も含めて、いつの日かはショパンを弾きたいものだと願っていたらしく、驚いたことにはほとんどの曲に演奏希望者の名前が書かれてあった。その後しばらくは、いつも部室で誰か彼かがワルツを練習しているのが聞こえ、その次の部内発表会は、聴き手よりも弾き手の方が感激している演奏であふれていた。十四曲中十三曲、つまりほとんど全部が演奏されたのだ。この企画は大成功だった。

6．悲しい恋、その1

〈なれ初め〉

武内君は二年前からクラブにいたはずなのだが、そのころは大勢いる一回生のうちの一人にすぎなくて、私は彼の存在に気がついていなかった。

関口君の事件以来、存在が見え始めてみると、「かわいい」と「ハンサム」を足して二で割ったような顔で、きれいな歯を見せてよく笑う、その笑顔がとても魅力的だった。背は高い方で、いくらか猫背であるがいい体格をしていた。彼とは学年は違っても同じ医学部同士で共通の話題がたくさんあったし、いろいろと一緒にするのが楽しくて、音研の仕事にかこつけては共に行動し、彼の下宿にも出入りするようになった。彼の下宿は医学部のすぐ近くで、私の下宿から近かった。

そのころの下宿はたいていい民家の一部屋で、トイレは家主と共用、お風呂は銭湯に行く、というのが普通だった。武内君の下宿も同様で、せいぜい三畳くらいの、うなぎの寝床とでもいった細長い小部屋だった。私の下宿は四畳半という触れ込みだったが実際には三畳ほどしかなく、ベッドとホーム炬燵（こたつ）だけでいっぱいになっていた。そこは女子専用で男子禁制だった。

彼はとてもおしゃべりで、昔好きだった人のことや、金沢の自分の家族のこと、医学部には最低点ぎりぎりで合格したことなど、冗談を交えつつ話し続けた。私は間もなく、武内君はきっと私を好いてくれているに違いない、と思い始めたけれど、気がつかないふりをしていた。するとある時、彼は自分の日記帳を、「これを読んでください」と私に渡した。そこには、私に対する想いが、とても美しい字と、とても美しい文章で書き尽くされていて、読んでいて胸がいっぱいになり、私の心の中で一挙に愛の炎が燃え上がった。

そこで私がまず一番にしたことは、細木さんと別れることだった。それほど好きでもない相手と、これ以上絶対に付き合う気はしなかった。彼に直接会って、「私は武内君を好きになってしまいました。もう、これからは、あなたとはお付き合いできません」とストレートに言った。彼は私の勢いにたじろいだのか、その場ではそれほど泣いたり怒ったりしなかったように思うが、その直後、私の母に電話して、「真理ちゃんがかくかくしかじか言っている、なんとかならないでしょうか」と泣きついた。母が、「あの子は移り気だから、そのうちまた気が変わるかもしれませんよ」と慰めのつもりで言ったところ「いや、真理ちゃんももうそろそろ年だし、彼と結婚するつもりではないか」と言ったのだそうだ。
それからしばらくして、細木さんは、私と一緒に写した写真を、全部真ん中から鋏で切り離して送り届けてきた。

〈M・T路線〉

武内君と私は恋人同士になって、どこでもおおっぴらに仲良くしていた。

私たちはどちらもイニシャルがM・Tで、他にも同じイニシャルの人が数名いたので、私たちはこの音研ソログループ友達集団をM・T路線と名づけていた。大学はストライキ中でみんな時間があったから、私たちはしばしばグループで一緒に行動した。植物園にみんなで行って、偶然に祖母に出会ったこともある。また、レコード鑑賞会と称して、三井君や佐々木さんの下宿にちょくちょく集まった。彼らの下宿は幾分広くて、みんなで座れたからだ。他の人はレコードを熱心に聴いているのに、私はおしゃべりばかりして邪魔をしていたような気がする。それでも私がクラブの中心的存在だったので、誰も文句を言わなかった。

武内君はレコードをたくさん持っていて、彼の部屋にいる時はしばしば一緒に聴いた。
バッハの無伴奏ヴァイオリンソナタの一つを聴きながら「トラベルセットが、あ、た、るー」と当時流れていたコマーシャルの真似をして歌うので、この曲を聴くと必ず「トラベルセット」が頭に浮かぶようになってしまった。また、モーツァルトの弦楽四重奏曲の一つを聴いていたら、「ねえ、この曲、『ポーリーキッキ、ポーリーキッキ』って聞こえるでしょう?」と言う。そう言われてから聴くと、確かにそう聞こえる。そう聞こえるようになると、今度はそうとしか聞こえなくなった。エッシャーの騙し絵みたいなものである。その時はさんざんに笑ったが、それで忘れてしまっていた。しばらくたったある日、私は何か悲しいことがあって泣いていた。すると彼は、何も言わずに一枚のレコードをかけた。私の耳に、あの「ポーリーキッキ、ポーリーキッキ」が聞こえてきた。おかしくなって吹き出してしまい、文字通りの泣き笑いになった。

〈鬼女伝説〉

以下の話は、前後の話題とは直接関係なく、一つのインテルメッツォ（間奏曲）とでもいうべき話だが、この話題の続きが後ほどまた出てくるので、記憶に留めておいていただきたい。

武内君は話好きだったから、ありとあらゆる話を聞かせてくれたが、その中に、実に奇妙な話があった。

大分以前、まだ私と仲良くなる前のこと、彼が部室で練習していたら、見知らぬ男が入ってきて、「自分はピアニストの森田某という者です」と自己紹介し、ピアノを弾いてみせた。武内君は、自分自身が初心者だから、どの程度本当に上手いのかは分からなかったけれど、ともかく、その時は上手いと思ったのだそうだ。その後、一緒に喫茶店へ行って話していたら、突然「実は自分は女だ」と言い出し、さらに、「今日、泊まるところがないので、泊めてくれないか」と言う。彼は成り行き上、むげに断るわけにはいかず、かといって、なんだか気味が悪いから自分のところには連れて行きたくない。それで、自分のところはとても狭いから、という理由で、同級生の住む別の下宿に連れて行ったのだそうだ。すると、大変なことになった。その男のような女は、その夜その下宿にいた京大生の一人を襲ったらしいのだ！

正体不明の自称ピアニストがずっと以前から時折音研に出入りしている話は、他の人から噂話として聞いたことがある。どうやら同一人物らしいが、それが男を襲うコワーイ女だとは初耳だった。

〈ネズミの内臓？〉

話をもとに戻そう。

三月終わりには三日間、音研部員で旅行をした。メンバーは、音研の常連メンバーと阪大医学部に入ったばかりの弟を加えた約十人。この年は学園紛争のあおりで東大入試がなくなり、京大入試が大変難しくなると予想されたため、もとは京大を目指していた弟は阪大医学部を受験したのだ。

岡山港から船に乗って小豆島に着き、一泊したのち四国に渡り、高松栗林公園、琴平から阿波池田、そこで泊まって、翌日大歩危（おおぼけ）、小歩危（こぼけ）を巡る、という旅程だった。

小豆島の宿で、夕食の時、なんだかわけの分からないものが出てきた。醤油で煮込んであるので色は全部同じ褐色だが、よく見ると、なんらかの小動物の内臓である。「これは心臓だ」「これは胃だ」と分析し、大きさから判断してネズミの内臓に違いない、という結論を出した。医学部生が四人（弟を加えれば五人）もいたからそんな話になったのだ。よく考えてみれば、あれはスズメやハトなど鳥の内臓だったのかもしれないが、あの時はネズミという意見に固まった。その結果、みんな食欲が減退してしまった。夜は、大きな畳の部屋に、布団を敷いて雑魚寝した。その他は、琴平の階段がすごくしんどかったことくらいしか覚えていないが、ともかく、何をしていても楽しかった。

当時、私は大阪の家で近所の子供たちにピアノを教えるアルバイトをしていたので、下宿してからも、毎週週末には大阪に帰っていた。武内君も家に来るようになって、時には泊まっていた。彼は五人兄弟の末っ子で、自分の実家もさほど広々とはしていなかったのか、私の家の狭苦しさがあまり気にならなかったようだ。彼は愛想がよくて可愛いので母も気に入ったと見え、結構歓迎していた。

〈夏の思い出〉

かくして、しばらくの間というもの幸せの絶頂にいたが、夏休みに彼は英語の勉強で二カ月、アメリカに行ってしまった。大学のＬＬ教室で英会話が優秀だったので、そのご褒美に行かせてもらったそうだ。その間の寂しかったことといったら。すぐまた帰って来ると分かっているのに。

彼は必ず毎日、手紙をくれた。メールなどない時代だから、届くのに一週間くらいかかったし、時にはしばらく来ないで、ある日まとまって来たりもしたが、手紙を読むのは一日の最大の楽しみで、毎日、手紙ばかり待っていた。彼はものすごく筆の立つ人で、手紙はいつも、非常に美しくてロマンチックだった。そしていつも大阪の家に届き、母も読んでいた。もう大人である私に来たラブレターを親が読むなんて、考えてみればおかしなことだが、我が家ではそれがあたりまえになっていて、時には「嫌だな」と思っても、文句は言えなかった。

彼のいない間に、音研の仲間で宮津へ海水浴に行った。ここは笹井君の出身地で、彼の家にみんなで泊めてもらった。笹井君は私と同学年で理学部物理学科、音楽をしている男子学生には珍しくスポーツマンタイプだった。この時のメンバーは新入生を加えて十人だったが、やはり、医学部が四人もいた。京大の全学生中医学部生はたった五パーセント程度であることを考えれば、かなりの高率である。

ここで一つ書き足せば、ドイツでは古くから「医学と音楽には親和性がある、医学をやる人は音楽がよくできる」という説が広く巷(ちまた)に流布していて、ブラームスと一緒に室内楽を演奏していた外科医のビルロート（胃がんの術式の開発者として有名）が、よくその例に挙げられる。私はしばしばドイツ人にこの説についての意見を求められ、「偶然でしょう」などと答えていたが、考えてみればその説は京大音研でも当てはまっていたと言えそうだ。

クロールでイルカのごとくスイスイと泳ぎ回っていた笹井君以外では、琵琶湖畔長浜出身の高橋さんが水泳を得意としていて、いつも沖のほうで頭だけ出して浮いておられた。この時は、泳いでいるばかりではなく天橋立観光もして結構楽しかったのだが、武内君がいない物足りなさはずっと私について回っていた。

〈小さな気持ちの食い違い〉

二カ月たって、待ちに待っていた武内君が帰ってきた。

空港で会ったら、すぐに私を抱きしめてキスしてくれた。嬉しかったけれども、おや、と思った。それまでは、このように人前でキスしたりしたことはないので、驚いたのだ。アメリカ風なのだろうが、やや違和感があった。

それでも一応は、また元通りの幸せな日々が戻ってきた。いまだにストライキが続いていて、授業は全然なかったので、一緒に勉強しよう、ということになった。

武内君にはお兄さんが二人とお姉さんが二人いて、そのうち上のお兄さんとお姉さんは金沢大学の医学部出身だった。医者の家系、というわけではなく、お父さんは学校の国語の先生だった。上のお兄さんは東大に行きたかったのだけれど、下にまだ兄弟姉妹がたくさんいて経済的に無理なので、下宿する必要のない金沢大に行かねばならなかったそうだ。彼は生化学の学者で、武内君はこのお兄さんに対して、明らかに非常に強い競争意識があった。お兄さんを凌駕(りょうが)する医学者になって、ノーベル賞をもらいたい、というのが小さい時からの夢だった。

このお兄さんの奥さんは、薬学部出身の非常に美しい人で、お兄さんを助けて一緒に研究をしていた。この夫婦関係も、おそらく、彼の理想とするものだったに違いなくて、この兄嫁さんを彼は特別に敬愛していた。

そういうわけで、彼の医学に対する真剣さは人並みではなく、特に生化学とそれに関連した分野に非常に関心が高かった。ＤＮＡのダブルヘリックス構造を解明して、ノーベル賞をもらったワトソンとクリックの話などを、よくしてくれた。

それに比べて私のほうは、もともとピアニストになるつもりだったのが、その道が閉ざされていたために医学部にしただけであるから、医学そのものに特別これといった野心があるわけではなかった。まだ、将来どの科を専門にするかなど考えたこともなかったし、言ってみれば、医者になりさえすれば、もしくは医学で食べていけさえすれば、それでよかったのだ。だから、武内君がそんなに生化学の道に進みたいのだったら、私もそれに興味を持とうと思って、英語の生化学の分厚い教科書を全部読み、また彼と一緒に生理学の教科書も読み始めた。しかし、この基礎医学に対する情熱の違いはいかんともし難く、私にはそれがそれほどに面白い、とは感じられなかった。

それに加えて、私には理系的な思考能力がある程度備わっていたので、一緒に勉強していたら、時にはさほど熱心でない私のほうが先に理解してしまうこともある。そんな時、彼は不機嫌になるし、すると私も「なんだ、これくらいのことが分からないの」と思ってしまったりした。酵素の名前など、通常の学生なら「ストレプトキナーゼ」と言うところを、「ストレプトカイネース」と全部アメリカ風に発音するのも、そのころの私にはなんだかアメリカ帰りをひけらかされているようで嬉しくなかった。

そんなふうに、小さな気持ちの食い違いが起こるようになって、今まで快晴だった空に、雲がかかり始めた。それでもしばらくの間は持ちこたえていた。


〈破局〉


秋から冬になり、大学紛争は峠を越えて、よその学部では授業が始まっていたし、医学部でも、他の学年にはそろそろ授業再開のきざしがあった。しかし私たち二人の学年は、どちらも新左翼過激派のシンパが多数派だったので、ストライキの終わりそうな気配はまったくなかった。

彼はあせっていた。こんなふうにろくろく勉強しないで時間ばかりたったら、ノーベル賞級の立派な学者になる夢なんて、遠のくばかりだ。

年が明けるころには、彼の表情は暗くなって、大好きだった笑顔がもうあまり見られなくなっていた。

しばらくしたら彼が、「このままでは、二人ともダメになってしまう。だから、もう会わないようにしよう」と言い出した。私は、すでにある程度予期していたことなので、唇をかみつつ同意した。彼の苦しんでいる姿を見ているよりはましだ、と思った。悲しいのに、なぜか涙は出てこなかった。

7．悲しい恋、その2

〈傷心〉

春が訪れた。武内君は先学期の終わりに、音研部長をやめ、さらにクラブそのものもやめてしまったので、もう、全然顔を合わすことはなかった。

彼は文字通り、私の前から消滅したのだ。

私は心にぽっかり穴があいていたが、彼が戻ってくることはありえないし、忘れようとしていた。そして私は結構タフなので、少なくとも表面的には普通にクラブに出入りし、元通りに友人たちと過ごしていた。彼らはどう思っていたのだろう。気を使ってくれたのか、誰も直接私に質問する人はいなかったけれど、あんなに仲良かった私たちが、こうしてあっという間に別れてしまったので、さぞびっくりしていたことだろう。

〈スト解除〉

医学部の私の学年でストライキが始まってもうすぐ一年になるころから、民青を中心に、もうストはやめて授業を再開してほしいと思っている学生が集まって、学生大会を開き、授業再開の決議をあげようとする試みが始まった。何度も三派新左翼に学生大会を潰されたが、ある時、他学部の同志が会場の入り口にピケを張って、なだれ込もうとする三派をせき止めている中で、ついに決議に漕ぎつけた。

そのおかげで、間もなく一応授業が再開したが、最初のうちは授業があるはずの教室の入り口を三派が封鎖していたり、授業を始めたとたんに三派が乱入してきてひきずり出されたり、と難航した。それでもだんだんに授業を受けようとする学生の数が増えてきて、ストライキは一年でようやく終わりを告げた。ちなみに、一年下の武内君のクラスはこの時からさらに数カ月、ストを続けた。

こうして授業が始まったが、卒業まで本来ならあと二年しかないのに、三年分の授業がたまっている。三年分を二年に収めるのはとても無理だから、卒業は遅れざるを得ない。しかしなるたけその遅れを短くして、半年後に行われる秋の医師国家試験には間に合わせよう、と決まったらしく、その予定でカリキュラムが組まれた。三年分の授業を二年半に詰め込むわけである。そのため、特に基礎系の授業はかなり短縮され、超特急になっていた。

田中まゆこさんは政治的関心が高かったので、ノンポリ集団である音研がつまらなく思われたらしく、もうあまりクラブには来なくなっていた。彼女は私と同じ下宿に住んでいたのだが、ある時、家主が家賃の値上げを要求してきた際、抵抗しようということになり、彼女を中心に家主との交渉が行われた。言ってみれば、小規模の団交である。交渉は成功し、値上げは免れたが、まゆこさんは責任を取らされて下宿を追い出され、近所にある別の家に移った。

〈笹井君の登場〉

武内君がいなくなってしまってから三カ月くらいたった時、笹井君が、銀閣寺に行かないか、と誘ってくれたので、一緒に行った。彼は理学部物理学科で、大学院の入試に落ちて、浪人が決まったばかりだった。当時、ノーベル賞の湯川秀樹以来伝統のある京大理学部物理学科は大学院に入りたい人が多くて、畢竟(ひっきょう)、浪人が大勢いたのだ。彼はハイマート合唱団で歌いながら、ソロでもしばしば歌っていたので、すでに何回か伴奏したことがあってよく知っていた。

クラブ中で一番男らしい人で、〝大将〟というあだ名でみんなに人気があった。私はそもそも男らしいタイプにはそれまであまり縁がなかったので、笹井君が私に興味を持っているなんて、夢にも思っていなかった。それだから、銀閣寺で「俺と付き合ってくれないか」と聞かれた時はびっくりして、どう返事したらいいのか分からず、まごまごしていた。すると、すぐに「振られた」と早合点してえらくしょげるので、気の毒になり、「別に断ったつもりじゃないよ、付き合ってもいいよ」、とあっさり承諾した。

笹井君と付き合い始めたら、だんだんに、彼は愛すべき要素を非常にたくさん持っていることが分かってきた。

まず、彼は素晴らしい運動神経の持ち主だった。一〇〇メートル走にしろ、ボール投げにしろ、なんでもよくできて、どうしてスポーツ選手にならなかったのか、と不思議に思うくらいだ。これは運動音痴である私には極めて新鮮な魅力だった。だから体の動きは機敏で大胆そのもの、ハンサムというわけではないが、引き締まった体に長く真っすぐな脚で、実にかっこよかった。

そしてまた、彼は底抜けのロマンチストだった。ロマンチックな詩を作って、口ずさんだり、音研会誌に載せたりしていた。フェリーニ監督の「道」というイタリア映画を見に行った時、悲しい映画なのに、私はもうひとつぴんと来なかったのだが、彼のほうはメガネを外して、大きな目からぼろぼろ流れ落ちる涙を拭いていた。音楽を聴いても、感動したら本当に泣いていた。美術にも大変興味があって、有名画家の展覧会があると必ず見に行っていた。私はそれまで美術にはあまり関心がなかったのだが、彼のおかげで美術館へ行くようになり、視野が広がった。そして芸術に限らず、よろず世の中にあるものには、政治、歴史、哲学、となんでも詳しくて、「自分は百科全書派だ」と宣言しているだけあり、大変な物知りだった。

そして何より、彼は明るくさっぱりした性格で、どちらかというと暗いところのあった武内君とは対照的だった。

そんなわけで私はだんだん彼を本当に好きになって、武内君を失ったショックから立ち直ってきた。

彼は音研ではバリトン歌手で、幅広くいろんなものを歌っていたのだが、私と付き合うようになってからは、伴奏の難しいデュパルク、ラヴェル、フォーレなどフランス歌曲をよく歌うようになった。「伴奏してほしいから、付き合え、って言うたんでしょ」と言ったら、「そんなことが理由になるわけないよ。前から可愛いと思っていたんだぞ」と言うので、すっかり嬉しくなった。

彼は大城君のような美声ではなく、クラシック音楽より演歌のほうが似合いそうな発声法だったが、ロマンチストらしく感情のこもった歌い方なので、何を歌っても面白かった。

「波浮の港」など日本歌曲もよく歌った。ある時、部内発表会で「野の羊」という曲を歌ったが、最後の音を長く伸ばすべきところで、「静かだなーーーーハッハッハァー」と、途中で笑い始めてしまい、大爆笑になったことがある。

〈西村君、敗者復活を図る〉

ある時、笹井君が「昨日、物理の奴らと集まったら、西村が『ああ、今日はいやなことを聞いてしまった。もとの恋人が笹井と付き合っているなんて』とひどく不機嫌に言ったんだ」と言う。私は、おやこれは困ったことよ、と思ったけれど、あれこれ弁解せずに黙っていたら、彼は嫉妬深い人ではないので、その話はそれで終わった。

そのしばらく後、今度は西村君が私に会いにやってきた。「あんな奴と付き合ってどんな見込みがあるんだ。大学院には、彼は絶対通らんぞ」と言う。西村君はすんなりと物理の大学院に入っていたのだ。自分の方が優秀だから、笹井君なんかと付き合うのはやめて、また自分の方に戻って来い、と説得するつもりで来たらしい。私は腹が立って、「そんなこと全然かまわない。あんたがなんと言おうと、私が彼を好きなことは変われへんのやから、何を言うても無駄や！」と撃退した。私のあまりの勢いに、彼はそれ以上言わず退散した。

〈再開された医学部の授業〉

このころ医学部の授業は、正常に行われ、もう邪魔が入ることはなかった。紛争の成果で、それまでまったく柔軟性のなかった医局講座制の壁が和らぎ、複数の講座による共同授業もあるようになった。

このころの授業で、あまりにおどろおどろしかったのでよく覚えているのは法医学だ。変死体のスライドを見せられ、この死因は何か、と議論するような授業だ。法医学教室には、ホルマリン漬けの臓器がいっぱいあって、「これは強姦されて殺された女児の陰部だ」とか、ぞっとするようなものを見せられた。法医学の教授の顔はかなり歪んでいたので、「いつもこんな気味悪いものばかり見ているから、ああなったに違いない」と私たちは陰で言っていた。

授業は一緒に受けていても、紛争がクラス内にもたらした傷跡は大きく、相変わらずクラスは二つに割れたままだったので、多くの同級生とは、ほとんど話すことがなかった。いつも、元民青側だった人とのみ、付き合っていた。そして、その状態は卒業まで続いた。

〈音研第一回定期演奏会〉

この年の秋、音楽研究会では初めて公開の定期演奏会を開くことになった。会場は当時できて間もない京都文化芸術会館だった。プログラムは、大城君の歌うヴォルフの歌曲、シューマンの「ハ長調幻想曲」（私のソロ）、及び現代音楽グループによる現代的な部分（高橋さん演奏のヴェーベルン変奏曲など）があり、また、ハイマート合唱団とソログループの歌手の共演で、ハイドンのオラトリオ「四季」が上演される、という目玉商品もあった。

私のシューマンは大変評判がよく、演奏の後、満場の拍手に混ざって「良かったぞー」という声が聞こえた。聴いていた弟に感想を聞けば、「あんな変な曲（ヴェーベルン変奏曲のこと）を暗譜で弾くなんて、さすが、京大入試に合格するだけある」と変な感心の仕方をしていた。

〈恋人たち〉

笹井君はしばしば、自転車に乗って私の下宿の前にやってきて、そこから「おい、ツボイー」と呼ぶので、下宿の家主にも知られてしまって、「『ツボイー』と呼びに来はりますなあ」とおばあさんに冷やかされていた。携帯電話などない時代で、また固定電話も緊急の際に家主に頼めば使える、という程度。だからそうやって外から呼ぶしかなかったのだ。彼が来たら出て行って、一緒に部室で練習したり、彼の下宿へ行ったりした。移動する方法は主として自転車の二人乗りで、いつも私が荷物台に乗った。当時私はかなり細かったのだが、それでも自転車で運ぶのは重かったに違いない。しかし彼は重さなどまったく感じていないかのように、実に悠々と、歌を口ずさみながらペダルを踏んでいた。

彼は時間にルーズでデートの際にひどく待たされたりして、小さな喧嘩なら始終あったが、別に気にならなかった。そして私は、ずっと将来もそうして彼と一緒に生きるのだと思っていた。

彼は、「結婚したら、たくさん子供をつくろう。子供の多い家庭って、いいだろう?」と言うので、え、そんなにたくさん子供を生まなくちゃいけないなんて大変、と思ったけれど、でもそれも悪くないな、と思った。

西村君と話してからは、私は笹井君が大学院に受かることはまずないだろうとは思っていたが、それは私にとって大問題ではなかった。専門の物理にそれほど優秀でなくても、彼のようになんでもできて、性格が良くてみなに好かれる人なら、絶対いい教師になれるに決まっている。だから、自分で納得できるまで大学院入試を受けて、ダメだと諦めがついたら教師になればいいのだ、と考えていた。

〈ピアノトリオを始める〉

このころに、チェロの非常に上手な米原徹君が音研に入ってきた。彼は京都出身で、「才能教育」で五歳の時からずっとチェロを弾いていたのだそうだ。私はチェロがそんなに早くから始める楽器だとは思っていなかったので、それだけでもびっくりしたが、彼は本当に上手かった。どういうのを「プロ級」というのか、チェロのプロを一人も知らない私には判断のしようがなかったが、彼のような人のために「プロ級」という言葉があるのだろう、と思った。米原君は私のピアノの噂をどこかで聞いて、一緒に弾こうと思って音研に来たのだそうだ。ブラームスのチェロソナタや、サンサーンスのチェロ協奏曲を、そのころの部内発表会で一緒に演奏した。

しばらくしたら、彼が中西和代さんを連れてきた。中西さんは、東京芸大に一～二年在籍したのちフランスに留学して、帰国したばかりのヴァイオリニストだった。この三人でピアノトリオを弾くことになった。ベートーヴェン、シューベルト、メンデルスゾーン、ブラームス、ラヴェルなど、ピアノトリオは名曲の宝庫である。素晴らしい室内楽の世界が開けた。

〈夜のガスパール〉

六月の音研定演では、私は米原君とベートーヴェンの「チェロソナタ3番」、また、ソロでラヴェルの「夜のガスパール」を演奏した。曲目はどちらも、自分で決めたのではなく、演奏会の企画をしていた当時の音研幹部に指定されたものだ。「夜のガスパール」は難しいので有名な曲だから、私にそれを弾かせてどうなるか見てみよう、という好奇心からプログラムを決めたそうだ。

確かに、それは想像したこともないほど難しい曲だった。しかし難しいからとギブアップしては沽券(こけん)に係わる。なんとしても弾かなければ、と必死で練習した。

破格の時間をかけて練習している間に、いろんなことがあった。

まず、大阪の家で第三楽章の「スカルボ」を練習していたら、隣に住む小学校二年生の女の子が精神的に不安定になってしまった。もしかするとスカルボの合間に時折聴こえる、第二楽章の「絞首台」の方がその主たる原因だったかもしれないが、確かに、これほど不気味な曲を聴かされ続けてはそうなるのも無理はない。何しろ隣との間には薄い壁が一枚あるだけで、その昔は私のピアノが原因でしょっちゅう喧嘩していたくらい、丸聴こえなのだ。幸いなことに、このころには代替わりして、隣とは友好関係にあり、この子供は音楽が大好きで弟のピアノの弟子だったから、ご近所トラブルにはならなくて済んだ。

次に、これを部室で練習していた時、笹井君が「今、見つけたぞ」と、四つ葉のクローバーを持ってきてくれた。押し葉にして、夜のガスパールの楽譜に貼った。

三つ目の出来事は次の通り。前章のインテルメッツォの続きである。

ある晩、九時か十時ごろだったと思うが、部室でガスパールを練習していたら、長い髪の見知らぬ女の人が入ってきて、私のそばに立ち、譜めくりを始めた。何気なくその手をみたら、指が太くて、黒い毛が生えていて、どう見ても女性の手ではない。私はぎょっとしていったん弾くのをやめたが、気を取り直し、続けて弾こうとした。

するといと、その人がしゃべり始めた。

「私はピアニストの森田ひとみです。有名なピアニストの小林某は、自分の従兄です」と言う。そして「もう少し手首を使ってはどうですか」など、もっともなアドヴァイスをしてくれた。ピアニストというのは本当らしい。しかし顔を見ると、これまた手と同様、厚化粧をしているが、女性らしくないいかつい容貌で、男が女に化けているとしか思えない。だんだん怖くなってきた。

その時、いつぞや武内君に聞いた「変なピアニスト」の話を思い出した。これこそ、例の鬼女ではなかろうか！　あの話によれば、この人は男のようでも本当は女で、男を襲うということだったから、女の私はたぶん安全なのだろうと思って、いくらか安心した。し

音研定演で夜のガスパールを演奏

かし、ついてこられたら大変だ、この人が先に帰ってくれないことには私は帰れない、などと考えながらひたすら弾き続けた。その時、部室のもっと奥の部屋にいた川上博史君がいったん姿を見せたが、また奥に戻った。

しばらくしたらやっとその気味悪い人が帰ったので、私も帰ろうとしていると、川上君が出てきた。彼は、先ほど家に帰ろうと思って出てきたが、私たち二人の様子を見て、あれは女装をした男に違いない、私が危ない、と思い、また奥に戻って、隣の部屋で棒を持って待ち構えていたのだそうだ。

その話を笹井君にしたら、彼もこの森田ひとみに会ったことがあって、その時は男装だったそうだ。一緒に喫茶店に行ったところ、そこで「自分は女だ」と言い出した。ここまでは武内君の話と一緒だ。しかし笹井君はそんなことは信じられなかったので、「バカにするな」と怒鳴りつけて、すぐさま飛び出した。そして翌日、たまたまクラブにいた某君に「おい、昨日こんな奴に会ったのだが、『自分は女だ』なんて、ふざけたことを言いやがって」と言ったところ、某君は「あれは、本当に女だ」と情けなさそうに言ったそうだ。彼は被害者の一人だったらしい。無垢な京大生を襲うコワーイ女。なかなか小説にも書かれたことがないような珍事である。

〈最後の夏休み〉

六回生の夏、卒業が半年遅れるとはいえ、それが学生最後の夏休みだった。

医療実習のため、三週間ほど鳥取県、大山の中腹にある病院に行った。実習といっても、そんなにいっぱい仕事をやらされるわけではなくて、気候と景色のいい所で気楽に過ごし、半分遊びに行ったようなものだった。親切な婦長さんが、出雲大社、鳥取砂丘、そして因幡(いなば)の白兎(しろうさぎ)で有名な白兎海岸などに連れて行ってくれた。

その後、母と二人で一週間の東北旅行をし、磐梯山(ばんだいさん)や、奥入瀬(おいらせ)を歩いた。八甲田山では、母が急な坂で滑り落ちかけ、私も足元が危うくて動けず、遭難するのでないかと思ったが、ちょうど通りかかった人が母を引き上げてくれたので助かった。

秋になり、卒業まであと一年で、勉強することはたくさんあったが、私は「点数はどうでも、単位さえ取ればいい」という方針だったので、あまり苦労はしなかった。音研ではトリオの演奏などを、機会があるたびにやっていた。

〈空白の時〉

このころになっても、笹井君とは愛し合っていた。彼はフランス音楽が好きだったから、自分でもラヴェルの「ソナチネ」を、出だしの部分だけではあるが、結構それらしく弾いていた。また楽譜をいろいろ持っていたので、ある時私は、ラヴェルの「鏡」の楽譜を借り、練習を始めた。借りただけだったのだが、返す機会を失い、手元に残った。この楽譜は今も持っていて、彼の自筆の署名が残っている、かけがえのない宝物だ。

冬になり、年が明けた。また、入試のシーズンが近づいてきた。このころになって、母が、笹井君が浪人を続けていることについて、文句を言い始めた。「ちゃんと就職しないでそんなふうにぶらぶらしているのは、真理子のヒモになるつもりだろう」と言い出した。そして「次の入試で落ちたら、絶対、就職してもらわないと困る」と言った。私は、母の気持ちも分からないではないと思って、逆らわないで入試が終わるのを待っていた。

するると、やはりまた落ちてしまったので、母が文句を言っていることを彼に言った。就職しよう、という気になってくれるかもしれない、と思ったからだが、これは逆効果だった。本気だったのかどうか、たぶん意地を張っただけだろうが、「十年かかっても院を受け続ける」と言う。仕方なく、母に「まだ、諦めるつもりはなさそう」と言ったら、母が彼に手紙を書いた。「真理子と結婚するつもりなら、ちゃんと就職してください。さもなければ、別れてください」という主旨のものだ。

この数年後には、私は、母の言いなりになっている限り自分は幸せにはなれない、母がなんと言おうとも、自分自身で判断しないといけない、と思うようになるのだが、この時はまだ、そこまで気づいていなかった。私はそのころ、いつも、母の手作りの服を着ていた。専業主婦だった母は、自分の時間の大半を、私の服を作ることに費やしていた。私は母の着せ替え人形のようだった。そんなに私のためにしてくれている母が、私のためを思うというよりは自分の損得からものを言っている、などと考えることは、当時の私にはできなかった。だから、私は母の言うことを無視することはできなかった。

母から渡された手紙を彼に渡して、「読んで」と言うと、彼は「これを読んだら、俺はおふくろさんを愛せなくなるかもしれないぞ」と言った。

その手紙を、すぐに取り返して破り捨てるべきだったのかもしれない。でもその時私はそれを彼に読ませてしまった。そして、私をとるか、自分の夢を追い続けるか、という選択を迫ってしまった。

彼は手紙を読んだ、そして去った。

8．医学部卒業のあとさき

〈実家の引っ越し〉

二年間ずっと一緒だった私と笹井君が別れた、というニュースは、音研の後輩たちに、かなり衝撃を与えた。柳田君が「音研を代表するカップルが潰れたか」と茫然とした様子でコメントした。私は詳しい事情を誰にも説明しなかったから、他の人は、大学院に落ちてばかりいる笹井君に私が愛想をつかしたのだろう、と解釈したようだ。私は悲しくても、あまり悲しそうでないふりをするのが得意なので、そういうふうに見えたに違いない。

医学部の卒業が近づき、将来どの科に進むのか、決定しないといけなくなった。

はじめのうちは、標準的なお医者さんのイメージで「内科」と思っていたが、手先の器用なのを生かせる外科系の方が有利かもしれない、と思いついた。高音部難聴があるので耳鼻科は避け、整形外科と眼科の先生に話を聞いたところ、ピアノを続けてやっていくためには手術時間の短い眼科が最適かと思われたので、それに決めた。

このころ、大阪の我が家では、港区にある買取り公団住宅のくじ引きに当たったので、引っ越しすることになった。私と弟は大学生になって以来、二人ともせっせとピアノ教師や家庭教師のアルバイトをしたので、昔よりはかなり経済的に楽になっていて、それも可能になったのだ。引っ越しの際には、音研の大城君と浅野君が手伝いにきてくれた。新しい住居はエレベーターなしの四階だったから、ずいぶん助かった。

もとの家の近所に、中澄愛子さんという人がいた。私はずっと以前から、この人の子供にピアノや勉強を教えて、親しくしていた。高等教育は受けていないが、優れたコモンセンスを持ち、正義感に富んだ人だった。彼女は引っ越しの際に、祖父も一緒に連れて行くように、と母を説得しようとした。今まで一緒に住まわせてもらっていたのに、自分たちがうまくいくようになった途端、放り出したりしてはいけない、と言った。しかし、母は断固、拒否した。「おじいちゃんと一緒に住むのは絶対に嫌」と言った。おじいちゃんがいたら家を汚くするから、などと理不尽なことを言ったが、本当の理由はたぶん、父が家に寄り付かないことを、祖父のせいだと信じていたからだ。もしかしたら自分のせいかも、というふうには絶対に考えなかった。私は何も言わなかった。言ったって、何の役にも立たないことが分かっていたからだ。

祖父自身も「わしはここで死ぬんじゃ」と主張していたので、祖父はもとの家に残ることになり、そのころ購入していたグランドピアノも、そこに残したままにした。私がそこへピアノを教えに行くついでに、祖父に会うことができるからだ。

〈夫候補〉

ある時、歯痛を京大病院で治療してもらってから港区の家に帰ろうと阪急電車に乗っていたら、偶然、音研の後輩の三井君に会った。歯のせいで顔が半分腫れているので、ちゃんと顔は見せずにおしゃべりしていた。そのころから、よく彼と話すようになってだんだん親しくなった。大城君、豊嶋さん、三井君、私の四人で、一、二泊で旅行したこともある。そうしているうちに、彼は私に好意があるらしい、と分かってきた。笹井君や武内君ほどは魅力的な男性と言えないけれど、私がこの二人と恋愛関係にあるのをいつも身近で見ていたのに、それでもいい、と言うのだったら、相当に寛容な人物だ。これは夫候補としてはいいかもしれない、と思った。

本当に好きだった人は、もう届かないところに行ってしまったし、これから、もっと素晴らしい人が出現するとは思えなかった。また、そんなことは、もう、どうでもよかった。私を愛してくれて、私が仕事とピアノの両方を続けることを理解してくれて、しかも母が難癖をつけにくい、というのが必要条件だった。

当時、吉永小百合が結婚し、母親との確執が話題になっていた。その母親が『母だから女だから』という本を出版して、小百合の夫に殺意を持つなど、ステージママとしてのエゴをむき出しにし、小百合は夫の側に立って自分の母親と決別した。

私の場合と類似点があると思った。一人でいれば母の思うツボで、私は母の操り人形だ。そんなことは、まったく我慢ができない。それまでの経験が、そう語っていた。私は、母の影響力から逃れるためにも結婚しなければ、と思っていた。三井君は、工学部電子工学科の大学院にすんなり入っていて、育ちのいい良家のお坊ちゃんという感じだから、必要条件を十分に満たしているように思えた。

〈ゴールドベルク変奏曲〉

このころに、「葵の会」という藤村るり子先生の門下生の会ができて、二人ずつで演奏会をすることになった。私は京都芸大出身の松本秀子さんとペアになって、バッハの「ゴールドベルク変奏曲」を演奏した。彼女が前半を弾き、私が後半を弾いた。

その演奏会では、松本さん側の聴衆が主として京都芸大での友人なので、私は初めて、いわゆる「プロ」の人たちに聴いてもらうことができた。また私の方の聴衆は主として音研や医学部関係者で男性が多かったから、藤村先生は喜んでおられた。通常こういうピアノ演奏会の聴衆は女性ばかりだからだ。

この演奏会に先立ち、藤村先生の先生だったマックス・エッガーのレッスンを初めて受けることができた。エッガー先生はスイス出身の名ピアニストで、日本人女性と結婚し、東京の洗足学園で教授を務めるかたわら、二、三カ月に一度、京都に来て藤村先生のお宅で弟子を教えておられた。だから、京都にいるピアノの先生方の多くが、彼のレッスンを受けていた。

レッスンの時、エッガー先生は言われた。

「あなたの医学がピアノと同じくらいに優秀なら、私は命を預けます」

こんな手放しの褒め言葉はそれまで一度も聞いたことがなかったので、私は心底驚いた。

藤村先生を例外として、プロでピアノをやっている人たちには「あなたの指は弱いですね、子供の時にオルガンで練習したからでしょう」などとケチをつけられることが多く、私は「自分では弾けるつもりでいるけれど、私の演奏のどこかに、プロだけが見抜ける自分には分からない欠陥があるに違いない」となんとなく思っていたからだ。

〈四十七年秋の医師国家試験〉

私の学年は卒業が半年遅れ、九月に医師国家試験を受けた。その時まで医師国家試験は

「受ければ誰でも通る」というくらい簡単なもので、一学年にせいぜい一人しか落ちなかった。ところが、ちょうどこの昭和四十七年（一九七二年）秋から試験のやり方が変わって厳格になった。私たちはそんなことは知らなくて、軽い気持ちで試験に臨んだところ、予想外に難しくてびっくりした。その結果、百人中十人も落ちてしまった。

事情を知らない大学の先生方は、私たちの学年がゲバ学生ばかりで勉強をろくろくしなかったからこんなに合格率が悪いのだ、と思われたらしい。それ以来、私の学年には「アホの四七（よんなな）」という呼び名がついてしまった。

〈京大病院眼科の研修医〉

私は幸い国家試験をクリアーして、十月から京大病院の眼科学教室に入った。同級生の沖田君と二人だった。沖田君は、ストライキが解除された直後、私が授業を受けようと教室にいたら乱入してきて、私を暴力的に引っ張り出したゲバ学生だったが、もう今はそんなことはすっかり忘れたのか、物静かに、無害そうにしていた。

研修医は最初、マンツーマンで講師の先生に教えてもらうことになっていて、私は内田璞先生の弟子になった。先生は字もきれいだし眼底図を描くのも上手で、どうにも真似はできなかったが、私はそれなりに頑張って、いろいろ学んでいった。

当時は眼底カメラがあまり発達していなかったので、眼底検査をしながら肉筆で眼底図を描くことが眼科医の重要な仕事の一つだった。研修医は眼底図を正確に美しく描けるよう、日夜研鑽を積んだものだ。悲しいかな、美術の苦手な私は正確さはともかくとして美しい眼底図など描けず、先輩の浅山邦夫先生の芸術的な眼底図を見ると溜息がでた。

当時、京大眼科は日本における網膜剥離（もうまくはくり）の治療のメッカで、入院患者の大半が網膜剥離の患者だった。研修医は一度に数名の入院患者を受け持って、病棟での世話や手術の介助、そして前述の眼底図描きなどをやっていた。網膜剥離の治療は、この数年後には硝子体手術が可能になって急激に発達するが、まだこのころは、眼球の裏側からバックリングを施して網膜がくっつくのを待つ、という伝統的な方法が主体。術後の患者は少なくとも一週間、長ければ一カ月も絶対安静を命じられ、それでも治らなくて失明するケースが間々ある、という悲惨さだった。そういう気の毒なケースにあたると、連日患者を慰めるのも研修医の重要な任務だった。

眼科の病棟は建物の最上階の八階にあったのだが、ある時そのような気の毒な患者の一人が飛び降り自殺を図った。幸い、この患者は全身骨折しながらも奇跡的に一命を取りとめたので、教室員一同胸を撫で下ろしたものだ。その後の医学の発達によりこういう悲惨なケースが激減したことは、実に喜ばしい。

あのころの数年間に術式が飛躍的に発達したといえば、白内障も緑内障もそうであるが、その話の詳細はこの回想記の枠外になるので、これ以上は述べない。

医局では毎週研究発表会があり、先輩の先生方が自分の研究の成果を報告されていた。当時研究テーマの中心は電子顕微鏡による組織学で、何人かの先生方がそれぞれ独立して研究グループを形作っていた。その際、電子顕微鏡の研究に超熱心な雨森先生は、他のグループの研究にケチをつけることにも超熱心で、当時講師だった宇山先生のもとで研究されている浅山先生など、敬愛する先輩が雨森先生にコテンパンにやっつけられているのを見ると心が痛んだものだ。

眼科学教室からバスで雄琴温泉へ一泊旅行をしたことがある。あのころは製薬会社の接待を受けることが現在のように問題視されていなくて、旅行はF製薬の接待によるものだった。当時、旅行といえばほぼ必ず学会出席がらみだったので、珍しく学会とは関係のないこの旅行はなかなか愉快だった。

大浴場で男の先生たちが入浴した後、私たち女医と看護婦さんが入浴したが、入ってから気がつくと、ガラス張りの大窓の外側で男の先生たちがゲラゲラ笑いながらこちらを観察しているのが見えるではないか！　私たちはギャッと叫んで湯に飛び込んで身を隠した。後で太田先生と浅山先生らが白状するところによれば、彼らは自分たちの入浴時に、窓を石鹸水で拭いて湯気で曇らないようにしておいたのだそうだ。

夕食時にはお酒が入って、日ごろ厳しい先生方もかなりリラックスされていた。私は話を合わせながら飲んでいると、「眼科始まって以来の女傑」という名誉な称号を内田先生から頂戴した。翌朝には多くの方が二日酔いでフラフラしておられて、私は持っていた車酔いの薬を何人かの先生に配った。でも私自身はピンピンしていた。

どうやら私はお酒に結構強いらしい。

〈比叡山のサル〉

ここで、インテルメッツォの最終回となる。

そのころになっても、夜にはしばしば音研の部室に行って、もう学生ではないにもかかわらずそこで練習していたし、三井君とよく話していたから、部内での話題は耳に入っていた。すると、例の不気味なピアニストの話がまたぞろ聞こえてきた。

私より二年くらい下に、ピアノを弾く川田君という学生がいたのだが、彼がある時、真夜中に、三井君の下宿に駆け込んできた。下宿は比叡山のふもとにあった。川田君が「おい、気持ち悪かったぞー」と話すところによると、彼はあの「森田某」に誘われて、スタインウェイのグランドピアノが二台もあるという、彼の家まで行った。そこは比叡山の中腹、比叡平というところだった。もちろん、森田某を男だと思っていた。ところが夜になると、チラと下着をめくって迫ってきたので、命からがら逃げ出し、山を走り降りてきたのだそうだ。

それとよく似た経験を、フルートの川上君もしたそうだ。彼もやはり誘われて、男だと思ってその家に行き、泊まった。すると夜中に迫ってきたので、部屋の中を、あっちへごろごろ、こっちへごろごろと必死で逃げまくった。悪夢のような一夜だった。

それ以来、「森田某」を名乗り狼藉をはたらくこの女には「比叡山のサル」というあだ名がついた。

〈音研後輩の失恋〉

研修医になってしばらくたったころ、音研の部室に、某嬢が婚約指輪をはめてやって来た。もうすぐ卒業だ、卒業したら結婚するのだと言う。相手はお見合いで決めたと言う。私は仰天した。我が家の引っ越しを手伝ってくれた後輩、浅野君は入学以来、ずっと彼女を好きで、彼女を追って音研に入ってきたようなものだった。私はなぜか彼にお姉さんのように慕われていて、打ち明け話をよく聞いていたのだ。彼の片思いではあったけれど、彼女も彼の気持ちを知っていたはず。ここまで堂々と彼を苦しめて平気、というのが理解できなかった。

その夜、十時ごろになって、彼が私の下宿にやってきた。「ねえ、聞いた?」と涙ながらに言う。私は「うん、聞いたよ」と彼を部屋に入れてやり、夜中まで話を聞いて慰めた。下宿の男子禁制を守らなかったのはこの時だけだ。あまりにかわいそうで、とても追い返せなかった。


〈演奏会を自分で企画〉


こうして相変わらず音研には顔を出していたが、もう学生ではないので、さすがに定期演奏会(定演)などには出演できない。そこで、演奏会は自分で企画することにした。

最初の演奏会は、大城君と二人で開いた、半分歌曲、半分ピアノ、というジョイントリサイタルで、場所は、音研定演でお馴染みの文化芸術会館だった。ソロの曲目はベートーヴェンの「ソナタ作品101」と、シューマンの「交響的練習曲」。最初に弾いたベートーヴェンは上がってしまってできが悪く、聴きに来てくださった藤村先生に批判された。

その演奏会の少し後で、中西さん、米原君とトリオの演奏会をした。曲目は、ベートーヴェンのトリオ「街の歌」、有名なメンデルスゾーンの「トリオ一番ニ短調」、ブラームスの「トリオ一番ロ長調」だった。こちらの方は、仲間と一緒だし、気持ちよく演奏できた。

聴きにきてくださった眼科の近藤先生に、「どれが一番良かったですか」と聞いたら、「ブラームスはお好き、ですよ」とおっしゃった。

ある時、藤村先生が、「もう自分で教えられることはあまりないし、バッハを弾いた時にエッガー先生が感心しておられたから、今度からは彼のレッスンを受けるように」と言われ、それからはマックス・エッガー先生の弟子になった。レッスン代はかなり高かったが、研修医になってコンタクトレンズ販売時の検査などアルバイトもしている私には、問題なかった。それ以来、ショパンでもラヴェルでもなんでも、習えるようになったが、三カ月に一度、一時間だけのレッスンなので、習うというより、聴いていただくという感じだった。

〈迷い〉

このころに、眼科の大学院生だった北田先生が私に接近してきて、「結婚してほしい」と言われた。私は三井君と付き合っていたけれども、どうしても彼でなければ、というほどに惚れこんでいたわけではないので、北田先生のプロポーズをすぐには断わらず、しばらく一緒にドライブしたり、勉強を教えてもらったりしながら天秤にかけていた。

北田先生の強引さに負けて、ある時、「結婚してもいい」と言ってしまった。自分でどうしたらいいのか、よく分かっていなかった。すると、その直後から、なんだかとても気持ちが沈んでしまい、ふさぎ込んでしまった。三井君がかわいそう、という気持ちと、北田先生と一緒になって、本当に、自分が生きたいように生きていけるのかしら、という危惧の混ざったものだったと思う。

あまり沈み込んでいるので、北田先生もそれに気がついた。それで、「嫌だったら、やめてもいいんですよ」と言ってくれたから、即座に「やめます」と言った。

その日、しばらく後で、本をいっぱい抱えて東大路通りを歩いていたら、近藤先生が車で通りかかった。それまでは、そんなに持つものがたくさんあったら北田先生がアッシー君をしてくれていたから、おや、と思われたらしく、「どうしたんですか」と聞かれた。「たった今、北田先生からのプロポーズをお断りしました」と言うと、「それは大変、乗りなさい」と車に乗せてくれ、「いや、実は僕も、あなたは彼にはもったいないと思っていたのです」と言われたので、じゃ、断って正解だった、と思い、気持ちがスウーッと晴れた。

〈予期せぬ、束の間の再会〉

眼科の手術の際、時折一年下の学年の学生が、何人かのグループで見学に来ていた。そうして各科を回ることがカリキュラムに入っていたからだ。ある時手術室に行ったら、沖田君が「今度のグループには、坪井さんの知っている人がいるよ」と言う。見ると武内君がいた。

別れて以来、会ったのはこれが初めてだった。

顔を見合わせたけれど、笑顔を見せることは、どちらもできなかった。それでも彼は近づいてきて、黙ったままで私の手術着の背中の紐を結んでくれた。

9．研修病院にて

〈研修病院の選択〉

研修医になって半年したところで、東京医大四十八年卒の山元君が仲間として加わった。私と沖田君は卒業が半年遅れていたから、通常一年の京大病院研修医を一年半することになり、実質上一学年下の四十八年卒と同期になったわけだ。京大四十八年卒で眼科に入った人はいなかったので、研修医はこの三人組になった。山元君はよくしゃべりよく笑う楽しい人で、彼が来てからは職場がぱっと明るくなった。

一年半京大病院で研修した後、他の二カ所の研修病院で半年ずつ研修をする、という決まりになっていて、私は和歌山日赤病院と倉敷中央病院に行くことになった、

〈和歌山日赤病院で〉

和歌山赤十字病院眼科の福田先生は、頼もしい親父さん、という感じで、患者にものす

ごく慕われていて、また私たち弟子にも、優しく面倒見のいい人だった。私以外に、関西医大からも研修医の先生が来ていた。その同僚は、私の隣の部屋に住んでいたが、来てから間もなく、一人のきれいな看護婦さんと親しくなった。するとその二人の関係が、あっという間に病院中に知れ渡り、全ての看護婦さんや検査技師さんの注目するところとなった。このまま放ってはおけない、と福田先生が間に入られ、有無を言わせず彼らを結婚させた。福田先生は、噂をあっちこっちに広めたのは彼女自身だろう、と言っておられたが、そのあまりに速い対応に私としてはびっくり、なんと恐ろしい所だろう、行いには気をつけないといけない、と思った。

福田先生のことでよく覚えているのは、四歳くらいの子供の手術をされた時のことだ。なんの手術だったかは忘れたが、緊急に全身麻酔なしで手術をしないといけなくて、子供は泣き叫んでいた。すると先生は、雷が落ちたように、ものすごい大声で「こら!」と怒鳴りつけた。子供はびっくりして、途端に静かになり、手早く手術を済ませることができた。大声が手術に役に立つとは、どこの本にも載っていない珍しい経験だった。

和歌山日赤に出入りしているS製薬のプロパーが、私に思いを寄せているようだった。この人に私は関心がなかったけれども、彼の好意に甘えて和歌山から倉敷に引っ越す際に会社のミニバスで荷物を運んでもらった。普通は、いくら製薬会社だってそんな遠距離の引っ越しの手伝いまではしないところだ。彼は気の毒にも、倉敷で私に「ありがとうございました。さよなら！」と言われて和歌山に戻り、福田先生に「見込みはないから諦めた方がいいよ」と諭されたのち、どこか遠くに行ったのだそうだ。

〈倉敷中央病院で〉

倉敷市は、ヨーロッパ的ムードを漂わせたアイビースクウェアがあり、かなり充実したコレクションを持つ美術館があるなど、文化的な雰囲気で、田舎風の和歌山とはまるで違っていた。田舎風なのは、それはそれで面白いと言えたが、こちらはすっきりして美しい街で、住み心地が非常によかった。私は医者用宿舎にピアノを借りて、家で練習できるようにした。

倉敷中央病院の眼科医長は、もともとマンツーマンで習った内田先生だ。以前から気心が知れているから私はごく気楽に働き始めたが、そんなに気楽にしているのは私だけで、あとのスタッフたちは、もの静かで学者タイプ、わいわいとバカ騒ぎをしない内田先生にかなり気をつかっているようだった。ここでは看護婦や受付に私と同年輩の人が多くて、何人も友達ができた。視覚検査技師の渡辺咲子さんもその一人だ。彼女が表千家のお茶を習っていたので、私も同じ先生のところに通わせていただくことにした。半年間ではろくろく何も覚えなかったが、お茶とはどういうものかが少しだけ分かった。

医者アパートの隣の部屋に、医学部で同級生だった外科の堀江君が住んでいた。学生だったころは、彼は他の多くの同級生と同様に新左翼のシンパだったので、一度も話をしたことがなかったが、ここで会って見ると、なかなか無邪気でかわいい男性で、看護婦さんの間でとても人気があった。私はしばしば彼の部屋へ行って、一緒にバカ話をしていた。手術室の看護婦さんの胸やおしりをパッと触るといった、今日ならセクハラで即刻クビになりそうなことを、（彼自身を含めて）外科の先生方はみなやっているとか、学生時代、さる同級生の部屋には、再使用すべく一度使ってから洗ったコンドームがいっぱい干してあった、などと言った、相当にきわどい話をいろいろしていたが、話だけで、あくまでただのお友達、と双方了解していた。

でも倉敷を去る日が近づくとさすがに名残惜しくて、悲しそうにしていたから渡辺さんにばれてしまい、「先生、お隣さんでしょう」と言われてしまった。

10. 眼科大学院時代

〈研究生活の始まり〉

倉敷から京都に戻って、京大眼科の大学院に入学した。博士号を取得するためには、大学院に入る方法（四年間）と、大学院へは入らず医員などの職につきながら研究する方法（六年間）があったが、私は短い大学院を選び、一家の大黒柱である沖田君は収入の安定している六年のコースを選んだ。

大学院に入るには入試を突破しなければならない。一般医学が中心に出題されるのである程度勉強しないといけなかったが、特別難しくはなかったように思う。その証拠に、落ちた人の話はあまり聞かなかった。この点、院浪人が多量にいる理学部物理とは大違いだ。

大学院生になると、電気生理の第三研究室に入って、当時アメリカから帰ってこられて間もない本田孔士先生のもとで研究をすることになった。

当時眼科では電子顕微鏡を専門としている人が多かったのだが、それだと、雨森先生に睨まれてひどい目にあう恐れがある。雨森先生の恐ろしさは研修医時代から身に染みているから、どうしても避けたい。電気生理ならその心配がない上に、内田先生の専門分野で彼の弟子だった私は電気生理の臨床検査をしばしばやっていたから、とっつき易かったのだ。しかし最初のうちはいったい何をしたらいいのか分からなくて、電気生理一般の教科書を読む、など能率の悪いことばかりやっていた。一方で、大学院生といっても一応研修の済んだ眼科医であるから、アルバイトの口はいくらでもあり、お金には困らなかった。大阪のＩ眼科に毎週通ってせっせと稼いでいたが、そこは、心斎橋の中心、大丸百貨店のすぐそば。欲しい物がいたるところにちらついていたから、稼いだお金は簡単に出ていった。

〈父の発病〉

ある時、「お父さんが重病だから来てください」と、父の会社の人から連絡があった。父は鴻池運輸という会社に勤めていて、和歌山と名古屋で働いた後、もうずいぶん前から茨城県の鹿島にいた。母と二人だったか、弟も一緒だったか忘れたが、鹿島の病院に父を訪ねた。

父は天疱瘡（てんぼうそう）にかかっていた。この病気は膠原病の一種で、全身の皮膚に大きな水泡ができたあと、その部分の皮膚の上皮がはがれて赤むけになってしまう、極めて不愉快な病気だ。父の話によれば、ある時蜂に背中をさされ、それから背中の痒みがずっと取れなくて困っていたら、ある時突然、両手の指と指の間など、皮膚の擦れるところが水ぶくれになった。また、首の皮膚も剥がれてきて、瞬く間に全身水ぶくれだらけ、という状態になった。

膠原病は自己免疫疾患でアレルギー異常がその原因とされているから、蜂に刺されたことが病気の引き金になったのかもしれない。蜂に刺されるとアナフィラキシーショックを起こす人がいることはよく知られているが、自己免疫疾患の引き金になることもあるらしい。ステロイド治療で一応はおさまっていたので、私は一番無残な状態を見なくて済んだが、よりにもよってなんでこんな難病にとりつかれたのだろうとショックだった。

それ以来、父は見るたびに太っていった。ステロイドの副作用だった。

〈シューマンピアノ五重奏曲の顛末〉

ここでいったん話を変え、このころに起こった、ある忘れがたい経験について述べる。

以前からよく一緒に弾いていたヴァイオリニスト中西和代さんの提案で、小さなアマチュア・オーケストラの発表会に賛助出演して、シューマンのピアノ五重奏曲を演奏することになった。彼女が第一ヴァイオリンでヴィオラは平田康彦君、彼ともそれまで何度か共演しているが、あとの第二ヴァイオリンとチェロはその時初めて会った人たちだ。

練習中、もう一つ息が合わず困っていたところ、演奏会の当日、直前のゲネプロの際に、チェリストの母親で堀川（京都芸大付属音楽高校）のピアノの先生をしている、かなり名の知れた方が助太刀に来られた。この先生は、合奏がうまくいかないのはひとえにアマチュアである私のせい、と思われたらしい。「親指の動きが悪い」とか、「体を動かしすぎだ」とか、ありとあらゆる演奏技巧上の問題点をゲネプロの最中に厳しく指摘され、私はショックを受けて泣きたい気分だ。その上、「あなたはエッガー先生に習っていると聞いたけれど、あんなのはまともな教え方じゃない、彼に褒められたからって調子にのるんじゃないよ」（この通りにしゃべったわけではないけれど、私にはそう聞こえた）と、彼女自身もレッスンを受けているかもしれないエッガー先生の悪口まで言う。私はといえば、それほど自信があるわけではないし、大先生に自分のピアノ演奏そのものを全否定されれば打ちのめされる。本番はもうすぐなのに、いったいどう弾けばいいのか！

そんなわけで、本番ではそれまでやったことがないくらいの萎縮した演奏をし、そのあとしばらくはピアノに触る気もしなかった。

演奏会の本番直前に自分の生徒を必死で教える先生はよくいるが、先生の熱意はたいてい逆効果だ。それが初対面ならマイナスでしかないことくらい、長年ピアノの先生をしている人なら分かりそうなもの。後日、ヴィオラの平田君は「あんなかわいそうなことはなかった！　潰しに来たんや。ちゃんと合わへんのはチェロがいい加減に弾いとるからやのに！」と憤慨して、落ち込んでいる私を慰めてくれた。

〈結婚〉

ほどなく、私は三井君と結婚することになった。彼は工学部電子工学の大学院修士課程を終えたのち、松下電器に就職し、京阪沿線の門真にある研究所で働いていた。いろんな点で都合がいいし、私をとても愛してくれていて、私のすることならなんでも許してくれそうだったので、安心だった。

彼の実家は古くからある大阪の商家で、高石市に立派な家があった。彼にはお兄さんとお姉さんがいて、彼は末っ子だ。お兄さんは朝日新聞の記者で東京に住み、お姉さんは結婚して、大阪の、あまり遠くないところに住んでいた。

三井君に関しては、母も文句のつけどころがなくて、一応賛成した。そして、彼の両親が、結納をおさめに私の家に来られた。私は自分で料理をしてもてなし、平穏無事にいくように見えたが、彼のお母さんが、「この度は、お嬢さんをいただくことになりまして」

と挨拶をされた時、母の顔色がさっと変わった。私ははらはらしたが、彼のお父さんや三井君の手前、喧嘩するには至らずなんとか終わった。

三井家の一同が帰ったあと、母が「『お嬢さんをいただく』なんてとんでもない」、と怒って言うので、「それが普通の挨拶やからそう言いはっただけや。気にせんでもええやん」と懸命になだめた。

結婚式はかなり変わっていた。眼科の宇山先生、音研の高橋さんなど多くの招待客があまりに私を褒めるからだ。仲人をしていた京大電子工学の教授や松下電器の上司など、三井君の側の客はあっけにとられたふうだった。私の親戚の一人は、「こんなに嫁さんばかり褒めている結婚式は初めてだ」と言っていた。参列していた父が、驚いたことに感激して泣いていた。一方、母は終始、不機嫌な顔をしていた。

北海道に新婚旅行に行ったのち、枚方市の賃貸マンションに住んだ。私が京都に通学し、彼が門真に通勤するのに都合のいい場所だからだ。こうして、世間的にみればなんら不満のない結婚生活が始まった。子供が欲しいとは思わなかった。母が自分の娘を自分の人生の目的そのものと認識し、自分の分身である娘の成功を願うあまり、娘の自由な選択を認められないような心理状態に陥っているのを経験してきたので、「こうは絶対になりたくない、子供はいない方がいい」、と思うようになったことが一番の理由だろう。それに三井君との子供というのはもう一つイメージが湧かなかった。彼自身も私がいるだけで満足なようだったから、いつとはなく子供を持たない方針になった。

〈田中まゆこさんの死〉

ある夏の日の朝、六時ごろ電話が鳴った。土曜日だったと思う。異常に早い時間だから驚いて受話器を耳にあてると、「まゆこが死んでしまったんです」という声が聞こえた。

まゆこさんは理学部数学科だったが、学部を終えたのち文学部の大学院に入り、心理学を専攻していた。ピアノを弾く以外に、美術的才能もあり、また文章を書くのもうまく、極めて多才だった。政治的、社会的関心が高く、いつも自分の意見を持っていて、ふらふらとボーイフレンドのことばかり考えている私とは大違いだった。

彼女は以前、何度か失恋していたが、そのあとで文学部の先輩である現在の夫と知り合った。彼女はこの人と、私が遠くの研修病院に行っている間に結婚して、湖西線の叡山駅の近くに住んでいた。

まゆこさんが死んだ、電車に轢かれた、というのを聞いて、驚いて即刻彼女の家に駆けつけた。彼女は大学からの帰宅途上、電車を降りてプラットホームを歩いていたところ、なぜか反対側の線路へ落ち、入ってきた電車に轢かれたのだそうだ。事故なのか、自殺なのか、はっきりしない状況だった。叡山駅のレールの間には、まゆこさんが電車に引きずられた跡がくっきり残っていた。

葬儀は本人が以前から希望していた通りに無宗教で執り行われ、フォーレの「レクイエム」を聞きながら棺の前で彼女を偲ぶ、というものだった。まったく救いようのない、悲しいお葬式だった。

それからほどなく、彼女の夫が訴訟を起こした。鉄道側は自殺だと決め付けたが、彼は「絶対に自殺ではない、事故だ」と主張していた。

きっと、そう信じたかったのだ。

彼は私に何度も電話してきて、「自殺ではない、そんなはずがない」と話し続けた。かなり精神的に参っている様子だった。私は、まゆこさんが自殺するとは思えないから、裁判の際には彼の側で証人になってもいい、と約束した。

それから約一年後、まゆこさんのお父さんから電話があって、「まゆこの夫が死亡したので、訴訟は取り消しになりました」と言われた。私はとっさに「自殺」と思ったが、「病死です。癌です」と言われた。三十代前半の彼が癌で死んだ？　一年前にはそんな大病にかかっていそうな気配はなかったのに。まゆこさんに死なれて生きる気力をなくしたために、癌に侵されてしまったのだろうか。

受話器を置いても、すぐには動けなかった。やりきれない、「嵐が丘」に放り出されたような、暗澹とした気分だった。

〈母の嫉妬〉

夫となった澄夫君の両親は高石市に二人で住んでいて、もうかなりの年配だった。彼は両親のことを心配して、結婚前は週末ごとに実家に帰っていた。結婚してからも、最初のころは私と二人でよく行った。彼の両親はとても優しい人たちで、一緒に行ったら喜んでくれ、お母さんは病弱だが、料理が非常に上手だったので、いつも美味しいものを食べさせてくれた。お正月料理などは、本当に素晴らしかった。彼の実家には関西の伝統が生きていた。

そんなふうに、私は彼の両親の家で優遇されていたのだが、これに、私の母は我慢がならなかった。だんだんに、嫉妬に取り憑かれ、邪魔するようになった。彼の両親の悪口、まったく根拠のない悪口雑言を、私のみでなく、自分の友人にも言うようになった。

週末に私が高石に行くのを妨げるため、週末には必ず電話をかけてきて、私が家にいるかどうかを確かめた。そして私がいなかったりしたら、次の日には電話で怒りまくり、一時間でも二時間でもしゃべり続けている。私は受話器を耳からはずして、しばらくしたらまた聞いて、まだしゃべっているかどうか確かめつつ、母がそれなりに満足して話し終わるまで待っている、というような憂鬱な出来事がしょっちゅうあるようになった。

さらに困ったことには、母から悪口を聞いた母の友人は、母の言うことをそのまま信じて、「ねえ、お母さんから聞いたけど、いままで育ててもらったお母さんを忘れて、三井さんの両親にばかり尽くしているなんて、ひどいじゃない」と私に的外れなお説教をした。こういう場合、自分の母が言っていることは事実からかけ離れた妄想である、と相手に納得させるのは不可能で、私としては返答のしようがない。

仕方がないので、週末には私は家に残り、澄夫君だけが一人で実家に帰る、ということになった。

この点以外では、私たちの結婚生活はなかなかうまくいっていた。

秋には、私は初めて一人でピアノリサイタルを開いた。プラカード作りなど、澄夫君はよく協力してくれた。会場はお馴染みの京都文化芸術会館で、モーツァルトの「ソナタイ短調」、ラヴェル「鏡」、ショパンの「24のプレリュード」、というプログラムだった。もう演奏会にはかなり慣れっこになっていたので、さほどあがりもせず、満足な演奏ができた。

11. 明と暗の交錯

〈研究室での楽しみ〉

春がくると、大学院に四十九年卒の松村美代さんが入ってきた。

彼女は結婚しているが、夫との関係は自由そのもの、束縛しないことをモットーとし、別居生活をしている。彼女の夫は彼女と同級生の外科医で天王寺高校出身、高校でも大学でも私の後輩にあたるが、舞鶴市民病院で医師の新しい研修システムの開発に取り組んでいる傑出した人物だ。

美代さんは大熊先生のもとで電子顕微鏡の研究をしていて、私とは分野が違ったが、しばしば一緒に喫茶店へ行ったり、ドライブしたりして遊んだ。このころ、私は運転免許の取りたてで、運転の練習によく付き合ってもらった。私が運転して京都の北山を上っていると雪が積もり始め、急遽、運転を代わってもらって慌てて下山したこともある。

友達ができたおかげで、研究室はだんだん楽しい場所になってきた。

〈祖父の死〉

このころ、大阪で一人暮らしをしていた祖父が亡くなった。彼はしばらく前から弱ってきていたので、母が毎日様子を見に行っていたが、ある日行ったら、家の中の階段の下で滑り落ちたように死んでいた、ということだ。だから、死に目には誰も会えていない。今で言えば「孤独死」ということになるだろう。私は優しかったおじいちゃんのことが思い出されて、お葬式では参列者中ただ一人泣いていた。

〈母の攻撃〉

結婚直後に始まった母の攻撃は、止まるところを知らず、ますますエスカレートしていった。「澄夫君は次男なのに、お兄さんが東京に住んでいるので、ゆくゆくは両親の世話を真理子がすることになるだろう、そうしたら私はどうなるのだ」と言い続けた。「自分はどうなるのだ」ということを中心にして、ありとあらゆる現実とは無関係の妄想が、母の頭の中で形成されていた。澄夫君の両親は、善人の見本のような人たちだったのに、母は、結婚式以来ろくろく会ったこともない彼らの人格をもボロクソに言った。私が耐えかねて抗議すれば、なおさら逆上して罵詈雑言を吐いた。

また、私はアルバイトでよく稼いでいたから、松下電器に入社して間もない澄夫君よりは、ずっと収入が多かった。このころ、マンションを購入したのだが、その頭金は、おおかた私の貯蓄したものだった。そんなことも、母は気に入らなかった。とにかく、澄夫君に関する全てのことを信じられないほど悪く解釈し、頭がどうかしている、としか思えなかった。

だんだんに、私は電話が鳴るたびにビクッとするようになった。家は安らぎの得られる場所ではなくなって、「母の操り人形にならないために」築いた結婚という要塞が、徐々に侵食されていた。

〈父の死〉

祖父が亡くなってちょうど一年たった時、父が亡くなった。天疱瘡を患っていた父は、いろんな療法を試みてはいたが、結局ステロイドに頼らざるを得なかったので、その副作用で高血圧になっていた。父が危篤との知らせを受けて、私と弟、母の三人は門真の病院に駆けつけた。鹿島にいるとばかり思っていたのに、それほど近くに父が帰って来ていたことをそれまで私は知らなかった。父はまだ生きていたが意識不明で、その夜、亡くなった。脳出血だった。

その時初めて、父の愛人に会った。私は、そういう人がいるだろうと薄々感づいていたから、驚かなかった。年齢のわりに若々しく、気立てのよさそうな人だった。彼女は母と違って、父の死を心から悲しんでいたようだ。

彼女は私に「あなたのお父さんは、あなたのことを誰よりも愛しておられました」と言った。そういう話を聞いたのは初めてで、正直、驚いた。私が父と会う時には、ほぼいつも母がそばにいたから、父と直接触れ合う機会はまったくと言っていいほどなく、父の愛を身をもって感じたことはほとんどなかったのだ。それに、母からは日常的に「家を放ったらかしにしているひどい男」と父の悪口を聞かされ続けていたから、私自身かなり洗脳されていたのだろう。そのため結婚式で父が流した涙も、私には奇異な印象を与えただけだった。愛する娘である私から、死ぬまで不当な扱いを受け続けた父の心境を思えば、痛恨の極みである。

私は彼女に「お葬式にはぜひ来てください。父が喜びます」と言ったが、その人はお葬式には現れなかった。自分の身内で非公式のお葬式をしたということだ。

父が死んだ直後、父の会社の人と遺産の配分について協議した。会社の人の提案により、母抜きで、叔父（父の兄）と私と弟の三人で会社の人と話し合った。会社の人は、「自分たちは、坪井さんの奥さんはあの方だと思っています。つい最近まで、大阪の家のことは知らなかったし、あの方はとてもよく尽くしておられたから、あの方を無視するわけにはいきません」と言われた。まったくその通りだと思った。そこで会社の提案を全面的に受け入れ、「あの方」にも遺産が渡されるよう取り決めた。そして遺族年金は公的に妻である母がもらうことになった。

父の遺産がいくらか入ったことにより、母は弟と共同で、当時開発中だった堺市の泉北ニュータウンに一戸建ての家を建てた。

〈オールドタイマーのスタインウェイ〉

おおよそこのころ、私は京都の松尾楽器で中古のスタインウェイを見つけた。以前から、トリオを一緒に弾いているヴァイオリンの中西さんに、お金がありながら、洋服代などどくだらないことに浪費していい楽器を買おうとしないことについて批判されていたので、思い切ってこのスタインウェイを購入することにした。マンションの頭金とほぼ同額で、一部を分割払いにして支払った。

ピアノの場合は弦楽器と違い、新しければ新しいほどいいことになっているのだが、このスタインウェイはちょっとやそっとではない古さ（一九〇七年製）のおかげで、年代物の持つ独自のよさがあって、気に入ったのだ。この楽器は、当時山科で「森田ピアノ工房」を経営しておられた森田裕之氏の初期の作品で、古くてオンボロな海外のブランドピアノを輸入し、メカニックから塗装に至るまで全て独力で修復し、新しい生命を吹き込まれたものだ。

このピアノは私の最も貴重な財産となり、それまで持っていたヤマハの小型グランドピアノは母の家に移した。

〈眼科第三研究室〉

話は再び研究室の方に移る。

眼科第三研究室に、五十年卒の根木昭君と河野真一郎君の仲良し二人組が入ってきた。今まで指導者の本田先生と私だけで寂しかったのだが、一挙に賑やかになった。この2人は、申し分なく性格のいい人たちで、こういう後輩を得た私は実にラッキーだった。私たち三人全員が、ガリガリと勉強するよりは、研究室での生活を楽しむことを優先していた。本田先生がそれで満足だったかどうかはさておいて、これ以上いいチームは考えられないくらいだった。

それまであまりはかどっていなかった私の研究が、急にやる気が出て、軌道に乗り始めた。電気生理学の研究は、たいてい、動物に電極をとりつけてから暗順応を行い、その後でいろいろ計測するのが普通だった。当時の日本では動物実験にとやかく言う団体はなく、気にせずになんでもできたのだ。一応麻酔はしていたが、麻酔薬の量が不適切で動物が死んでしまうというようなことは日常茶飯事だった。三研の仲間はこの暗順応の時間に、よく京大病院の南側にある喫茶店「ボンベル」でダべったものだ。暗順応時間は、短すぎるのはダメだが、長すぎる分にはその動物が元気でいる限り問題ない。だから時間を気にせず楽しくおしゃべりできた。

その頃、視覚電気生理学の研究を日本一熱心にやっていたのは金沢大学医学部の眼科だった。京大には複数の研究分野があり、電気生理はそのうちの一つにすぎなかったが、金沢大学では電気生理のみを総力を挙げて研究していた。「電気生理の金沢大」という自負心に満ちており、それだけに他大学にたいする敵愾心が極めて旺盛だった。他大学が学会発表すれば、必ず金沢大学が答え難い質問をして、凹まそうと待ち構えていた。ピラニア軍団、という感じだった。本田先生は自分の弟子が窮地に陥った場合には助け船を出してくれるので、私たちは先生を命綱のように頼りにしていた。

だんだん私たちは本田先生を首長とする家族のようになって、学会にはいつも四人で出かけ、一緒の部屋で寝泊りすることもあった。そのころの思い出話だが、四人部屋に泊まった次の朝、本田先生が、「昨日の晩は根木君の鼾(いびき)がひどかったなあ。ちゃんと寝られましたか」と私に聞かれた。私は「ええ、ちゃんと寝られましたよ」と答えた。私はたいてい、布団に入ればバタン、キューと寝てしまうので、人の鼾など聞こえないのだ。その会話を傍らで聞いていた河野君が、本田先生がいなくなってから、「本当は、本田先生の鼾の方が大きかったから、僕はあまり寝られなかったんだけど」と苦笑いしながら言った。河野君は優しい人だったので、いつもこのように、人を傷つけないように配慮していた。

彼らの他にも、このころには、荻野先生、林倫子先生など多くの先生方が眼科の研究棟に出入りしていて、私が入ったころに比べ、はるかに賑わっていた。

〈国際眼科学会〉

一九七八年の夏の一週間、京都で国際眼科学会が開かれた。国際会議場では連日、それまでは論文の上でのみ名を知っていたアメリカ人やヨーロッパ人の有名な医学者が講演をしていて、不思議な非日常の毎日だった。

本田先生は外国人研究者に友人知人がたくさんいたので、私たち大学院生は連日彼らの接待に駆り出され、京都に長年いながら行ったことのない多くの観光地、金閣寺、清水寺、平安神宮神苑などを案内して歩いた。私が案内したオランダ人の学者、ファン・デア・トウイール氏は日本文化に多大な関心があって、「ビューティフル、ビューティフル」と行く先々で目を輝かされるので、それまでは特別素晴らしくも思っていなかった場所が光り

国際眼科学会、前列右から松村美代さん、筆者

輝いて見えてきたりした。

そして毎晩のように、外人客を夕食に招待した。その際「何を食べたいですか」と訊くと、必ず「懐石料理を」という答えが返ってくる。京都の懐石料理はそのころから国際的に有名だったのだ。ところが困ったことには、懐石料理は大変高価である。上等の懐石に毎晩客を招待するのは経済的に無理だ。大学の教室には接待費などなく、費用はわれわれのポケットマネーでやりくりしたのだから。それゆえ、なるべく安い、「懐石料理」とは名ばかりの料亭を一所懸命探したものだ。

このように接待した客の中に、後ほど私がお世話になるドイツ人のエバーハルト・ドット教授もいた。この時にお知り合いになれたのは、私にとって大変幸運であった。

こうしていろいろやっている間に、研究室にいること自体が楽しくなり、昔の音研のように、私の生活の中心になってきた。

〈エッガー先生のリサイタルと多くの白い目〉

ある時、私が三、四カ月に一度のわりでピアノのレッスンを受けていたマックス・エッガー先生がピアノリサイタルを開かれたので、澄夫君と二人で聴きにいった。岡崎の京都会館だった。プログラムはベートーヴェンの「熱情」、ショパンの「ソナタ三番」、といった標準的な曲目であったが、アンコールに、ファリャなどの華々しい曲をいっぱい演奏され、先生は水を得た魚のよう。実にそれは素晴らしかった。

演奏会の後、夕食を摂ろうと近くのレストラン「ルレ・オカザキ」に入ったら、なんと満席で、エッガー先生を中心にしてあとはほぼ全員が女性、という異様な雰囲気のところに行き当たってしまった。先生の演奏会の打ち上げパーティーだったらしい。これでは食事なんてできそうもないから帰ろうしたら、先生が私を見つけて手を振って呼び止められた。今度はいつレッスンにくるのだと聞かれるので、あわてて手帳を取り出して取り決めた後、そこを出ようとした。するとその時、まわりにずらっと並んでいた女性の大群が、一斉に「何よ、この人」といった冷たい目で私をにらんだ。どうも私は歓迎されていない感じなので、すみませーん、とばかりに慌てて飛び出した。

〈ペトルーシュカ〉

そのころ、私はストラヴィンスキーの「ペトルーシュカ」を練習していた。この曲は難しいので有名なのだが、自分に合っていたらしく、さほど苦労しないで弾けた。その時まては、エッガー先生のレッスンに持っていく曲はロマン派か印象派、と決まっていたのだが、先日の先生のリサイタルの際に、先生が華々しい技巧的な曲を得意としておられることが分かったので、これをレッスンで弾くことにした。

先生はびっくりされて「You play like a virtuoso!」(あなたはヴィルトゥオーゾのように演奏しますね)と言われた。家に帰ってからバッグを開けると、払ったはずの授業料が袋ごと入っている。返してくださった! とすぐに思ったが、しかし、まさか、そんなことはあるまい、払い忘れたのかもしれない、と考え直し、後日藤村先生を介してお伺いした。すると、やっぱり本当に謝礼を受け取られず、こっそり返金されたそうだ。エッガー先生はさすがに立派な方だ、金儲け主義ではない、と感激した。

そのころになっても、私は時には音研に行って、後輩にピアノを弾いて聴かせていた。

ペトルーシュカを弾いて以来、私は一つの壁を乗り越えて、ピアニストとしての格が上がったと、評判になっていた。

　これから書くのは、お笑い番組とイタリアオペラを無理にくっつけたような出来事で、どうも真実味に乏しいが、事実は小説よりも奇なりで、正真正銘の実話である。しかし上手く書きにくいので、不自然に感じられても許していただきたい。

　どういうきっかけでそうなったのか、ある時、音研の部室に、かなりたくさんの人が集まっていた。前に立って見回すと、「嘘!」と言いたくなるような、まったく予期せぬ人物がそこにいた。その数日前にテレビで見たばかりの、「俺は田舎のプレスリー、云々」とギターを弾きつつ歌って踊って、大いに人を笑わせたキャラクターその人である。その演技は本当に見事で愉快でプロ顔負け、それでありながら京大生だということで、テレビを見ながら感心したものだ。あのプレスリーは当時の音研部員だったらしい。

「あんた、この前テレビに出てたでしょう? 田舎のプレスリーでしょう?」と話しかけると、彼は実に恥ずかしそうに恐縮した様子。テレビ画面でのド厚かましい印象とは大違いだ。彼がその後どうなったのかは知らないが、大学生タレントのはしりであったに違いない。

　それはさておき、その時人が集まっていたのは田舎のプレスリーがお目当てではなく、私のピアノを聴くためだった。薄暗くて、後ろの方にいる人の顔はよく見えなかった。私が「何を聴きたい？」と聞くと、誰かが「ペトルーシュカを弾け！」と言った。笹井君の声だった。彼はハイマート合唱団にいた誰かと結婚して、もう子供をもうけている、と聞いていた。高校の先生になっている、とも聞いていた。

こんなに状況が変わってしまっても、私の心のどこかにずっと存在し続けている彼のために、私はそこでペトルーシュカを弾いた。

12. 迷路よりの脱出

〈高月先生との出会い〉

大学院生になってしばらくしたころから、私は週に一度、毎水曜日に、長浜市民病院にアルバイトに行っていた。新幹線で米原まで行き、そこで待ち受けている病院の車に乗って長浜まで行く、というのが通勤の方法で、米原駅には、長浜だけでなく、いろんなところの病院から迎えの車が来ていた。当時、滋賀県北部の病院は医師不足のため、そのように京大病院の医師を非常勤で雇っているところが多かったのだ。美代さんも、私と同じ方法で、彦根の病院に毎週通っていた。

ある時、長浜からの帰りに米原の駅で、内科の講師である高月清先生に出会った。先生も毎週その近辺のどこかの病院にアルバイトに来ておられたのだ。先生の妹が私と同じ年でハイマート合唱団員であり、また非常に美人だったので、その話をダシに使ってお知り合いになった。もっとも高月先生はかなり年上だったから、妹のように美しいという印象はなく、太り気味で背格好も顔つきもずんぐりむっくり、どちらかといえば私の父のイメージだった。

高月先生は、世界的に通用するくらい立派な血液学者だが、プライベートに問題があって教授になれないでいる、という話は京大病院で知れ渡っていた。あまり評判のよろしくない先生の一人、と言えるかもしれない。しかし実際の彼は、温厚で話好きで威張らない、要するに気持ちのいい人だったので、私は先生に米原駅でお会いするのを楽しみにしていた。先生の愛弟子である淀井淳司さんの話とか、またご自分の家庭の話とか、四方山(よもやま)話をしているうちに、先生はなかなかの風流人であり、また大変お酒が好きであることが分かってきた。私もお酒は結構好きなので、何度か先生の飲み歩きにお付き合いし、多数の取り巻きの男性を従えた瀬戸内寂聴に出くわしたこともある。

このお付き合いは普通から見ればかなり不謹慎といえるかもしれないが、家で起こっている母との問題を中心にした辛い日常をしばし忘れることができた。

〈フンボルト奨学金に応募する〉

私の研究は順調に進んで、予定通り、大学院四年の終わりに博士号を取得した。本田先生が、「ドイツ留学を考えてみてはどうか」、と言われた。そのころ留学する人はたいていアメリカへ行ったのだが、私は音楽があるからドイツへ行きたいだろう、と考えてくださったらしい。私はすぐさま先生の提案に飛びついて、ドイツのフンボルト奨学金に応募することにした。

澄夫君はショックを受けて、なんとか思いとどまってくれないか、と懇願したが、私はまったく聞く耳を持っていなかった。

教授の推薦状が必要だったので、眼科の塚原教授にお願いに行ったところ、「私は書かないが、自分で書いてきたら、サインをしてあげます」と言われた。しかしそんな英語の推薦状など、どう書いたらいいのかさっぱり分からない。とても困ってしまった。そこで、はたと思いついて高月先生にその話をしたら、「じゃあ、私が書いてあげましょう」とあっさり引き受けてくださった。私の研究内容などいっさいご存じないにもかかわらず。そして一週間後には、非常にベタ褒めの、素晴らしい推薦状を手渡してくださった。さすが世界的に通用する大先生だけのことはある、と感心する一方で、これは少々アンフェアなやり方か、と幾分後ろめたかった。だが、誰かがそのために直接の不利益を被るわけではあるまい、と、深くは考えないことにした。

この推薦状を塚原先生に見せたところ、これを本当に自分で書いたのだろうか、と疑われたらしく、目を丸くして顔をまじまじと見られたが、深くは追及せずにサインしてくださった。

〈初めての海外旅行、エアフルトでの学会〉

それからしばらくして、根木君と河野君と三人で、東ドイツのエアフルトで開かれた国際視覚電気生理学会に参加した。この旅行は私たち全員にとって初の海外旅行であり、旅行計画中から三人とも夢見心地だった。「パリからは夜行列車で……、それからローマに……」と話をしていたら、根木君がいきなり、「うわあ、ローマ！」と叫んで恍惚とした表情で一瞬、空を仰いだ。それくらい、この旅行は楽しみだった。

もっともこの旅行の主目的は学会出席であるから、まず、その難物をクリアーしなければならない。学会の際には、いつも頼りにしている本田先生がおられないから心細かったが、幸い、われわれの英語力があまりに貧弱だったせいか、答え難い質問をして困らせようというような人はいなかった。金沢大のピラニア軍団の攻撃にさらされ続けている日本国内での学会よりは、遥かに楽勝だった。またこの学会では、日本人中ただ一人、千葉大の安達恵美子先生が、達者な英語力を駆使して外国の有名な学者たちと互角に渡り合っておられたので、私たち三人とも、先生をすっかり尊敬してしまった。

学会のあと、私は一時的に二人と別れ、一人で西独のバート・ナウハイムにあるマックス・プランク研究所を訪ねた。そこでは、本田先生から「ぜひピアノを聴いてもらいなさい」と教えられていた作戦通り、研究の話は適当に切り上げ、ドット教授の前でピアノを演奏した。教授は大の音楽好きだったので非常に喜ばれ、しかし表向きは「あなたの研究はとても興味深い」という理由で、「あなたがドイツに来られるよう尽力しましょう」と約束してくださった。ここら辺は阿吽(あうん)の呼吸というか、こういう交渉の成立には様々な要因があるものだ、正攻法だけではこうはいくまい、と思った。

後になってヨーロッパ人との付き合いが多くなると、この「様々な要因」、たとえば、付き合いやすい人であること、とか、趣味が豊富であること、などの方が、「正攻法」、つまり仕事の能力そのものより、時には重要であることが分かった。

バート・ナウハイムの後、根木君、河野君と再び合流して、ミュンヘン、パリ、ローマなど、駆け足で観光地巡りをした。いろいろ失敗しながらも弥次喜多道中のごとく、心に残る楽しい旅だった。

その数カ月後、フンボルト協会から、奨学生として採用する、との通知が来た。

〈最後のリサイタル、そして旅立ち〉

このころ、まだ働き続けていた長浜市民病院の患者に、大寄君という人がいた。彼は私よりいくらか年下で、以前に鉄片異物による網膜剥離になり、京大で手術を受けたのち長浜病院に通っていた。沢田研二を思わせるイケメンだった。彼の手術した方の右目はほとんど失明状態で、眼圧が上がって問題を起こし続けていたので、しばしば病院にやって来た。私は知らず知らずのうちに彼を特別扱いしていたらしく、そのことに気づいた看護婦さんたちが共謀して、彼の診察はいつも最後に、他の患者が全部終わってからすることになっていた。そして診察が終わると病院の車は断って、彼の運転する車で米原まで送ってもらった。

ドイツに行くことが決まった秋に、私は最後のピアノリサイタルを開いた。プログラムのメインは、プロコフィエフの「ソナタ8番」だった。大寄君は長浜病院の代表として看護婦さんたちから花束を預かって聴きに来てくれた。演奏会のあとで感想を聞いたところ、良かったとは言わず、ちょっと難しすぎたなあ、と正直に言った。大方の聴衆も実は彼と同じように思っていたかもしれない。当時、私は客が喜びそうな曲を弾く、という視点は持っていなくて、自分が弾きたい曲を弾く、という方針だったからだ。そういう方針は世界的なプロでもなかなか貫けない。難解な現代曲が多く並んでいては人が集まらない、ということが分かるのは、ずっと後になってプロとしての経験を積んでからのことで、あのころは、私の演奏会なのだから何を弾こうと私の勝手、と思っていた。

プロコフィエフの8番は難解な上に、四十分以上もかかる長い曲で、その道の「通」向きの曲なので、名曲ではあるけれども確かに一般向きではない。しかし「通」の集合体である音研では評判がよかったので、私としては満足だった。

この演奏会のしばらく後、私は機上の人となった。

13. ドイツ生活の始まり

〈日本からドイツへ〉

ドイツ行きの飛行機は格安の大韓航空で、パリ行き。パリで一泊して、電車でドイツに向かう、という予定だった。一人旅にしては大胆で、心細く思っていたが、飛行機の中で、同じように安旅をしようという知り合いがすぐにでき、四人のグループになった。私以外はみな男性だった。うち一人は京大農学部の大学院生で、すでにフランス留学の経験がありフランス語が話せたから、あとの三人はすっかり彼に頼りきって、パリについたらその晩のホテルを見つけてもらった。シングル・ルームは安いわりに清潔で広く、長く飛行機に乗った後では、古い大きなバスタブが嬉しかった。

夕方には四人で映画館に行き、大島渚監督による『愛のコリーダ』の無修正版を見た。噂通りすごいけれど、いやらしいという感じを超越して、訴えたいことがある程度分かるような気がした。画面に大写しされた主演女優の口から「いいよう、いいよう」という文句が切なそうに洩らされている時、ちらとフランス語の字幕を見ると、「bon, bon,」となっている。「いい、いい」というだけで、日本語の持つ、だらりとした風情はまったくない。翻訳では、これが限界なのだろう。フランス人は気の毒に、映画の面白さが半減しているじゃないか、と、愉快であった。

このグループのうち一人が、「自分はアメリカで交通事故に遭い、かなりの重傷を負ったが、たった一日だけ入院治療を受け、そのために百五十万円ばかり払って、すぐさま日本に送還された。そのせいで、顔面の一部が麻痺している」と言う。「なんで、そんなにすぐ、日本に帰されなくちゃいけなかったのですか」と一人が聞いたが、「いや、それは言えない」と口をつぐんだ。この人と同じ部屋に泊まった京大生の話では、彼はもっといろいろ、胡散臭い(うさんくさい)ことを話していたのだそうで、あれはスパイか何かに違いない、とあとの三人で憶測した。

私は、これから入っていく未知の世界の不気味さと面白さを半々に感じた。

〈ゲーテ・インスティテュートへたどり着く〉

私がドイツに着いて最初に向かったのは、バイエルン州、ミュンヘンから電車で約二時間走ったところにある、小さな湖のほとりのコッヒェルという村だ。ここのゲーテ・インステイテュートで最初の4カ月間ドイツ語を学ぶ、というのがフンボルト協会で決められた留学生としての任務だった。

その村にたどり着くのは、決して簡単ではなかった。私は日本で半年ばかりドイツ語の勉強をしてあったから、初歩の文法は一応頭に入っていたが、会話となると、まるでちんぷんかんぷんだった。日本で見た地図では、虫眼鏡でやっと見つけたくらいの辺境の地、コッヒェルにどうやって行くのかと、ミュンヘンで駅員などに尋ねても、とても理解できない説明が帰ってくるばかり。どうやらどこかで乗り換えないといけないようだ、とだけ分かった状態で電車に乗り込んだ。

一時間ほど走ったところで、電車は色とりどりに花が咲き乱れる湖畔の駅に着いた。ノイシュヴァンシュタイン城などメルヒェン風のお城をいっぱい建てたので有名な、狂気のルートヴィッヒ2世が亡くなった場所、シュタルンベルク湖だ。もしかしたら、このあたりで乗り換えかもしれないと思い、あわてて周囲にいた人たちに「コッヒェル、コッヒェル」と叫んでみせたら、一人のおばさんが「ここで降りて、あの電車に乗りなさい」と教えてくれた。こういう親切な人はドイツではどこにでもいるもので、日本人がヨーロッパに来たらたいてい感激する。日本人は一般的に、見知らぬ人とは関わり合いたくないという傾向があって、同じことを日本でやっても、みんなそっぽを向いてしまって誰も助けてくれないことが多いからだ。日本でやたらに多い痴漢がドイツにあまりいないのは、そのせいだと思う。被害者が声を出そうものなら、周りの人がすぐ応援に駆けつけ、そんな破廉恥な真似をした者は、公衆の面前でさらし者になることうけあいだ。だから誰もそんなことをする気にならないのだ。

それはさておき、そうして乗り換えた電車では、私の隣に、若いすっきりした女の子が座っていた。片言で話し掛けたら、彼女もコッヒェルのゲーテ・インスティテュートに行くのだと分かり、すっかり安心した。彼女は私と違って、ドイツ語がすでにペラペラだったからだ。フランス人で、エヴリンという名だった。

彼女に頼りきって、問題なくゲーテに行き着いたが、そこで宿舎を紹介してもらうつもりだったのに、到着が遅すぎたらしく、もう閉まっていて誰一人いない。どうしたらいいか、誰かに聞こうにも、通りかかる人もない。明日から授業が始まるというのに、なんたるサービスの悪さだろう、と思ったが仕方がない。二人とも途方に暮れた。

しばらく考えた末、エヴリンは、「今からユースホステルを探そう」と言う。地図で見ると、かなり遠いところに、確かにユースホステルはあるらしいが、そこまで行ったとしても、部屋が空いているとは限らない。すぐ近くに、こざっぱりした旅館が見えているのだが、彼女は、「お金がないからそんな所には泊まれない」と言う。ヨーロッパ人の学生は、必要最小限のお金しか持っていないのだ、ということが、この時分かった。しかし、私は重い荷物を抱えて、とてもユースホステルまで行ってみる気がせず、かといって「私はここに泊まりますから、さよなら」とも言いにくい。「あなたの分は払ってあげるから、ここに泊まろうよ」と彼女を説得し、その晩はそこに一緒に泊まった。

〈ゲーテ・インスティテュートにて〉

翌日から、ゲーテ・インスティテュートでの生活が始まった。まず、クラス分けの試験があった。簡単な筆記試験のみで、口頭試問はなかった。すると私はいい点を取りすぎたらしく、かなりできる人のための「中級」に入れられてしまい、エヴリンと同じクラスになった。こんなはずはないが、とあわてふためきつつも、仕方なく授業を受け始めたら、案の定、さっぱり分からない。一時間目のあとで、先生に窮状を訴えた。同じように困っている人が、他にも何人かいた。先生は「あの試験は正確だから、あなたたちはよくできるはずだ。もう少しここで続けてみてはどうですか」と引き止められたけれど、私とアメリカ人のキャシーの二人は断固頑張って、一段階下のクラスに変えてもらった。

新しく私が入ったクラスは、ドイツで勉強するための必須条件とされる語学検定試験の準備を目的としたクラスで、全部で二十人あまり、フランス人、イタリア人などのヨーロッパ人以外に、アメリカ人、トルコ人、ヨルダン人、さらにはパレスティナ人までいて、極めて国際色豊かだった。私以外にもう一人日本人がいたが、この市川君は私より一学年下で、なんと、私が通った大阪府立天王寺高校と同学区内の住吉高校出身、阪大出身の言わばお隣さん、まさに、世界は狭いという感じだった。

このクラスでの授業内容は、ちょうど私のドイツ語能力と合っていたらしく、勉強するのがとても楽しかった。私は、相変わらずしゃべるほうはあまり得意でなくて、ろくろく何も言わないのに、テストがあるといやにいい点を取るので、先生がみなの前で驚いてみせたりした。市川君は非常に勤勉で、いつのテストでも私よりさらにいい点を取っていた。アメリカ人やヨーロッパ人は、文法能力のさほどない人でも、みなぺらぺら自由にしゃべれて羨ましかった。

級友のドイツ語能力はおおむね似たり寄ったりだったが、パレスティナ人のハッサンだけは、文法を学ぶのがとても不得手のようで、落ちこぼれだった。彼はそれに加えて、非常に強い独特の体臭があった。真夏だから、部屋中に彼の体臭がムンムンとこもって、窓を開けたくらいではなかなか消えなかった。ヨルダン人の学生は、身なりもよくハンサムだったが、やはりかなり体臭が強く、彼と同居している市川君の部屋を訪ねた時、部屋中その脂っこい臭いで満ちている感じだった。市川君によれば、「匂いがひどいから、まめにシャワーを浴びてくれ」としょっちゅう言っているので、いくらかましになったのだそうだ。イタリア人の学生が「日本人は臭いだろうと思っていたが、そうじゃないな」と言うので、そういう偏見を持たれていたことが分かった。

スペイン人のミゲルという、とても初々しい感じの青年は、どういうテーマだったかは忘れてしまったが、ラテン語で大学の卒業論文を書いていた。今日使われていない言語で論文を書く、というのが非常に不思議に思えた。

この期間に住んでいたのは、五十歳くらいの太ったおばさんの家で、トルコ人のナディヤと同居だった。彼女は私と同じくらいの年で、専門がなんだったかは忘れたが、私と同様に博士の称号を持っていた。彼女は結婚していて、幼い娘を家に置いたまま一人でドイツ語の勉強に来ていた。トルコ人と知り合いになったのはこのナディヤが初めてだが、ほどなく、ドイツ語を勉強中のトルコ人はたくさんいることが分かった。やがて後になってから、ドイツ中に非常に多くのトルコ人が出稼ぎに来ていて、ドイツにおける人種差別の主たる被害者になっていることが分かったが、この時はまだ、トルコ人というものが珍しく、興味津々でナディヤと話をした。

この家に初めて着いた時、家主のおばさんが部屋の案内をしてくれたが、その際、風呂場で、「水はとても高価なので、入浴は週一回にしてください。それ以上入浴したければ、一回につき五マルク支払うように」と言われて、びっくりした。水が高いなんて、考えたこともなかったし、週一回の入浴とは、あんまりではないか。仕方ないので、毎日、おばさんの留守を見計らっては、大慌てでシャワーを浴びた。

この家には家主のおばさん以外に、若いトルコ人で、太ってあまり教養のなさそうな男も住んでいた。私たちは最初のころ彼を使用人だと思っていたのだが、そのうち、ナディヤが彼とトルコ語で話しているうちに、どうやら彼はおばさんの愛人らしい、と分かってきた。寝室を共にしているということで、その不釣合いな感じに、私たちは二人とも気持ちが悪くなった。

ある時、おばさんとその男が二人で長期の旅行に出かけてしまった。三週間くらいだったと思う。夏にそういう長期旅行をするのは、ドイツでは非常に一般的で、それを楽しみに、あとの時期は働いてお金をためるというのが普通のドイツ人の暮らし方なのだ。

ちょうどその旅行の直前に、この家の猫が子供を産んだのだが、私たちは世話をしてほしいなどといった指示をいっさい受けていなかったので、よその部屋に勝手に入ることもできず、放ってあった。しかしどうにも心配で、どうしよう、どうしよう、飢え死にした子猫の死体がそこら中にころがっているんじゃないか、と言い合った末に、ナディヤが一度猫のいる部屋をのぞいてみた。かなり汚くなっていて、何がなんだか分からなかったそうだが、仕方ないのでそれでも何もしないでいた。しばらくしたらおばさんの娘がどこかからやってきて掃除をしていた。まあともかく、変な家だった。

〈ゲーテ・インスティテュートでの演奏会〉

ゲーテ・インスティテュートのホールにピアノがあり、誰でも自由に弾かせてもらえた。音楽の勉強を目的に来ている人が数名いるから、アマチュアの私がいつもピアノを占領しているわけにはいかなかったが、それでも指がなまってしまわない程度には練習できた。

ある時、インスティテュート内で学生の演奏会があり、私はシューマンの「クライスレリアーナ」を独奏したのと、バリトンの岡部君の伴奏でロッシーニの「セヴィリアの理髪師」のアリアなどを弾いた。アメリカ人のピアノ学生もバッハの「平均律」を一曲弾いたが、特別目立った演奏ではなかったこともあり、私は一躍ゲーテ・インスティテュート内での有名人になった。ジュードドイッチェツァイトゥングという、バイエルン州など南ドイツを中心とした大新聞の地方版にその演奏会の批評が出て、大変に褒められた。日本では新聞に音楽会の批評が出ることはまれで、プロでもお金を払わなければ書いてもらえないのが普通であるのに、ここでは大違いだ。私は自分の演奏の批評というものを初めて経験し、非常に嬉しかった。

ある時、同じクラスのアメリカ人の女の子と、トルコ人のヤーチンが二日間ほど授業をサボって一緒にどこかへ遊びに行った。女の子の方はあまり優秀でないピアノの学生で、容貌もぱっとしないが、ドイツ語はクラス中で一番にでき、やや高慢なので、同じアメリカ人のキャシーなどは彼女を嫌っていた。それで彼女がヤーチンとランデヴーしていた時にはさんざん悪口を言っていた。ヤーチンは私と同じくフンボルト留学生で、他の級友よりはやや年上。知的でなかなか素敵な男性だったから、当時私たちのクラスを担当していた女の先生のお気に入りで、特別扱いされていた。

〈韓国人の友人、キム君〉

演奏会をきっかけに、私に男友達ができた。韓国人のキム君だ。キムという苗字は韓国に非常に多く、韓国人の半分がキムさんじゃないか、と思うくらいなので、名前のほうで呼ぶべきところだが、ウェージュンという名前はとても発音しにくいので、私はキム君と呼ぶことにしていた。彼は別のクラスだったが、ドイツ語の能力は私とだいたい同じくらいだった。彼は私より七歳年下で、専門は森林学、フンボルトでもＤＡＡＤでもないなんらかの奨学金をもらい、一年間の予定で来ていた。この奨学金は発展途上国用のもので、韓国はもうほとんどあてはまらないのだけれど、ぎりぎりのところでまだもらえているのだ、と言っていた。

彼は非常に誠実な人柄で、たいしてハンサムではないし小柄だが、スポーツマン風にがっしりした体格だった。キム君から、韓国人の間での話題をいろいろ聞けた。韓国では兵役があるが、北朝鮮の侵略の危険に常にさらされているので、やむを得ないことであるか、日本人が戦時中に韓国でやったいろいろな悪行のために、日本人というのは好戦的でかつ卑劣な民族だと韓国人が思っている、ということなどを、生まれて初めて聞いた。平和ニッポンに慣れきっていた私には思いもよらないことだった。彼といろいろ、限られた語彙の中で会話をしたことは、私の日常会話能力を高めるのに非常に役立った。

当初の予定では、私は四カ月間、ゲーテ・インスティテュートで語学ばかりやるはずだったのだが、二カ月たったところで、私の医学研究の指導者であるバート・ナウハイムのドット教授を訪ねたところ、「それだけしゃべれるならもう十分だ、早く来なさい」と言われた。それで、その時点でゲーテは打ち切りにして、バート・ナウハイムのマックス・プランク研究所で医学研究を始めることになった。

キム君は、初めの予定通り、あと二カ月ゲーテに留まった。大学の夏休み期間にあたる最初の二カ月は、世界各国から学生が集まって来ていた。そのおかげでゲーテは若々しい雰囲気で、活気あふれていたのだが、秋になるとロシア人を中心とした出稼ぎ労働者が多くて、あまり面白くなかったのだそうだ。

14. バート・ナウハイムの研究所にて

〈研究所に住み込んで生活を始める〉

バート・ナウハイムのマックス・プランク研究所では、研究所の建物の最上階にある客室に住んだ。小さい部屋だったが、天井が非常に高く、どれくらいの広さだったのか、よく判断できない。日本の部屋と比べれば、そう狭くもなかったのかもしれない。客室は四部屋あって、その中ではともかく一番小さい部屋だった。台所と風呂場は共同だったが、全室が塞がっていることはめったになく、たいていは私専用だったので、少しも困らなかった。

私と入れ替わりに日本へ帰る予定の田代君から古いアウディを譲ってもらうことになった。二千マルクと安かったから文句は言えないが、故障ばかりで費用がかさみ、どうしようもない車だった。アウトバーンの上で立ち往生し、緊急電話してＡＤＡＣという自動車クラブに助けに来てもらう、というようなことが何度もあった。その人たちが修理してくれるのを見ているうちに自分でもだんだん分かってきて、「あ、まただ」と思ったら路肩に停めて自分で緊急修理をし、また走り出したこともある。ともかく、「安全」とは言い難い車だった。

〈赤線地帯レーパーバーンを見物〉

そのころドイツの北の端に近いキールで学会があり、帰国直前の田代君と二人で行った。途中ハンブルグで、有名な歓楽街であるレーパーバーンを訪ねた。彼が、「帰国までに一度は見ておきたい」と言うので、付き合ってあげたのだ。もちろん、本来は女性見物者の行くべきところではない。入り口のさび色に塗られた鉄門に、「女性入場お断り」と書いてあったのだが、そのドイツ語が理解できず、「女性が待っています」と書いてあるのだと勘違いし、平気で入ったのだ。ガラス窓の向こうにいる、いろいろにポーズをとった娼婦たちが、嫌そうな目つきで私を見た。あるピープショー（のぞき見ショー）では、性交渉真っ最中というふれこみのものがあったが、男も女も、まったくじっとしているので、生きた人間なのかマネキンなのか分からなかった。

その夜、ハンブルクのホテルで、私と田代君は隣同士の部屋だったのだが、夜中に彼が私の部屋のドアをノックした。幸いにしてちゃんとカギをかけてあったので、「ここ、カギかかってる?」と聞かれ、「うん、ちゃんとかかっているから、心配してくれんでもええよ」と追い返したら、今度はヴェランダからやってきて、また、「ここも、ちゃんとカギかかってるんだ」と言う。「そうやよ、お休み」とまた追い返した。同僚といっても、時には用心しないといけないものだ、と思った。赤線地帯に付き合ったのだから、自業自得と言えなくもないが。

〈研究生活あれこれ〉

ドット教授のはからいで、私はブルガリア人のポポフと二人で共同研究を行うことになり、バンガーターーフォリエという半透明の膜を使って、視覚誘発電位の研究を始めた。この膜には透明度がいろいろあって、被検者がそれを通して見ることにより視力を段階的に変化させることが可能である。こうして視力を変えつつ、脳波を記録して、客観的な視力測定に役立てよう、という計画だ。実験はナウハイムから四〇キロほど離れた、フランクフルト大学医学部の屋根裏にある、マックス・プランク研究所の出張所で行ったので、車で毎日フランクフルトに通った。片道四〇キロといったら長いようだが、大半はアウトバーンだし、アウトバーンは制限速度なしの飛ばし放題、それに日本のようなひどい渋滞に巻き込まれることはまれなので、通常三十分しかかからなかった。

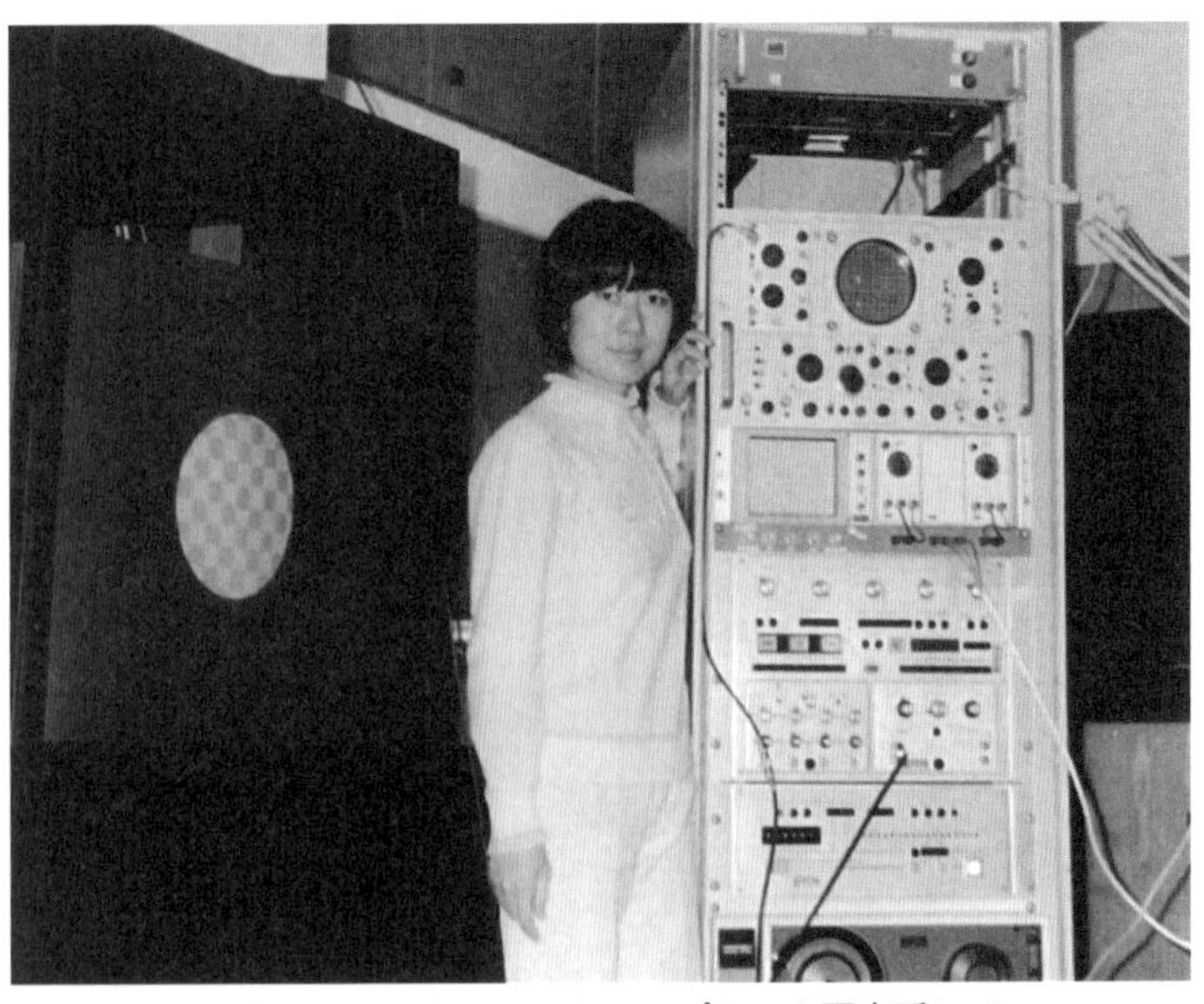

フランクフルトのマックス・プランク研究所にて

実験を始めたら、そのうち、だんだんにポポフのやることなすことに我慢ができなくなってきた。彼は教授に言われた通りのことしか絶対にしようとせず、たとえ、実験結果が当初の見込みと違っていても、なぜか、と疑問を持って実験をし直すとか、方法を変えてみるとかはしない。私が「このままじゃダメだから、こういうふうに変更しませんか」と提案しても、「教授から聞いていない」の一点張りである。すっかりあきれて、ドット教授に「彼とはとても一緒に仕事できません、なんとかしてください」と訴えた。教授は、私の訴えをすぐに聞き入れてくださって、その後はエヴァという若いドイツ人と共同研究し、順調に進んだ。

ポポフは私以外の研究所員からも嫌われ、すべての行動が共産圏出身らしく兵隊風にぎくしゃくしている、という理由から、〝鉛の兵隊さん〟というあだ名がついていた。

研究所にはもう一人、柳島さんという日本人がいた。彼は元工学部出身でコンピュータに詳しかったので、非常によく助けてもらった。このころはまだコンピューターは一部の専門家のみのもので、医学だけ勉強した私にはもうひとつ訳のわからないものだったから、トラブルがあるごとに助けが必要だったのだ。

〈ドット教授について〉

バート・ナウハイムの研究所には古いピアノがあって、そこで毎晩練習できた。ドット先生は歌がお好きで、シューベルトやシューマンの歌曲をよく伴奏してあげた。ハイ・バリトンで、声量はあまりなかったが、本当に心を込めて歌っておられた。それを生きがいにしておられる、という感じだった。

先生には二度目の結婚による奥さんとまだ小さい娘がいて、この娘を非常にかわいがっておられた。奥さんはドット先生とまったく違い、派手で虚栄心の強い人で、研究所員はぺこぺこしながらも、実はみな陰で悪口を言っていた。もとの奥さんとの間の二人の息子はもう成人していて、上の息子は父親同様に生理学をやっており、時折たずねて来ていたので何度か会ったことがある。下の息子は母親にべったりで、父親を拒否しているそうだった。ドット先生自身はこの息子のことをとても心配しておられて、彼がやりたがっている映画作りの勉強ができるようにと、あれこれ尽力しておられた。

〈キム君を被検者とした研究成果〉

このころキム君はフランクフルトから二〇〇キロばかり北のほう、カッセルに近い田舎にいて、週末にはよくフランクフルトにやって来た。電気生理学研究の被験者をすればいくらか時間給がもらえたし、彼の奨学金は低額だったので、アルバイトさせてあげるべく、彼を被験者にして「アジア人とヨーロッパ人の視機能の相違、電気生理的特色」とでも名づけるべき実験をした。すると、「アジア人とヨーロッパ人では光の強さ、及びコントラストに対する眼の反応の仕方がまったく違う」という非常に面白い結果が出た。どうりで夜に車でアウトバーンなどを走ると、暗すぎて困るわけだ。暗闇でも平気でビュービュー飛ばしているドイツ人とでは、眼の機能が違っているのだ。

そのかわり、彼らは真夏の日差しの強い日には眩しくて、サングラスなしでは出歩けない。これは今考えてもバンガーターフォリエよりは実用上有意義な研究だったのだが、被検者が一人、というのはあまりにもお粗末なので、発表はせずに留まってしまった。彼は八カ月間カッセル近郊に滞在したのち、韓国に帰国した。

〈フランクフルト大学にいる日本人との付き合いなど〉

フランクフルト大学には日本人の研究者が数人いて、金曜日の午後には、しばしば一番年長の真鍋先生のところに集まって一緒にワインを飲んだ。

ある時、他の人が来られなくて、先生と二人だけで飲んだら、彼が酔ったはずみに、「かわいいよ」と言いつつ私に抱きついてきたので、あわてて逃げ出した。その後は、どうも彼は私に惚れてしまったらしく、機会あるごと、たとえばエレベーターの中などで私に接近をはかってくるようになり、以後は二人きりにならないよう、気をつけた。

ずっと後になってからのことだが、大勢人が集まったガーデンパーティーの際に、真鍋先生はワインで酔っ払ってしまい、人前であることも忘れて私を追いかけてまわるので、非常に恥ずかしい思いをした。ドイツ人は通常ワインの一杯や二杯ではまずそこまで酔っ払わない。日本人はそれに比べるとアルコールに弱くて、すぐに常軌を逸した行動をとる人が多い。何かアルコールを分解する酵素が足りないそうだ。

ともかく、彼はそれほど悪い人ではないのだが、さかりがついた犬みたいな様子を人前でさらすので、どうにもいたたまれなかった。

ある夜、研究所の最上階にある自分の部屋にいたら、誰かがドアをノックした。部屋のドアを開けたところ、隣の部屋にそのころ一週間ほど滞在していた台湾人の教授が「may I make love with you?」と大きく書かれた紙を持って立っていた。ろくろく話もしたことないのに、一応医学者である私に向かって堂々とそんなことを言ってくるなんて、なんという破廉恥な奴であろう。「ノー、ノー」と言ったら、「なぜダメなの？　誰も知らないじゃないか」と言う。すぐさまピシャリとドアを閉め、カギをかけた。翌日出会ったが、別に恥じ入っているふうでもなかった。あきれた人間もいるものだ。

それにしても、こういったトラブルがなぜドイツ人との間では生じないのだろう、と考えてみた。ドイツ人は「誰も見ていなくても、神が見ている」と感じるのだろうか。それとも、アジア人が女性を蔑視、とまではいかなくても女性の人格を軽く考える傾向にあるからか。

千葉大学眼科の安達恵美子先生が、時折日本から来られ、バート・ナウハイムで実験をしておられたので、何度かお会いする機会があった。先生は非常に小柄ながら、美しく、鋭敏な方で、外国人の間で堂々と自分の意見を述べられるのが印象的で、私や同僚の憧れの存在だった。その先生がある時、「自分はイエローであるというコンプレックスをずっと持っている」と言われ、大変驚いた。多くのヨーロッパ人から尊敬の目で見られている先生に、そんな人種的劣等感があろうとは、思ってもみなかったからだ。私は先生よりちょうど十歳下だが、そういったことを感じたことはまったくない。戦前生まれと、戦後生まれの差だろうか。それとも、小さい時からずっとピアノを習っていたカナダ人のシスターのおかげだろうか。先生は、私がイエローコンプレックスを持っていないことについて、「羨ましい」とおっしゃった。

15．フンボルト留学生のドイツ一周旅行

〈グループの顔ぶれ〉

ドイツに来て一年足らずのころ、フンボルト留学生のためのドイツ一周バス旅行があった。三週間にわたり、二十五人くらいのグループで当時の西ドイツをまわった。このグループはフランクフルトとその近郊にいる留学生を集めたもので、学問分野は種々様々だった。日本人は私の他に、工学の白石さんと、ドイツ文学の教授がいたが、このドイツ文学者はあまりドイツ語をしゃべれないので、他の人に陰でバカにされていた。白石さんは穏やかで親切な人で、この旅行中よく一緒に行動したのだが、日本に帰国後、某大学の教授になられた直後に亡くなり、自殺という話だった。それを聞いた時には、あんないい人がなぜ、と大変ショックを受けた。

日本人以外の参加者といえば、まず、ゲーテ・インスティテュートで一緒だったトルコ人のヤーチンが、非常に美しい奥さんを連れて来ていた。この旅行は、配偶者も参加でき

たのだ。ゲーテ・インスティテュートでアメリカ人をガールフレンドにしていたことについては、忘れたふりをしてあげたが、彼は最初私の顔を見た時、かなりきまり悪そうな様子をしていた。あとはポーランド、チェコスロヴァキア、ブルガリア、ユーゴスラヴィア、グルジアなど東欧共産圏からの人が多く、それ以外ではインド人、中国人、イギリス人などだった。

共産圏と一口に言っても、国によって国民性が非常に異なっていて、たとえばポーランド人とブルガリア人は最初から反目していたりして、興味深かった。国民の大半がカトリック信者であるポーランドでは、宗教を弾圧する共産政府を国民が憎んでおり、一方ブルガリアでは国民がおおむね共産主義の信奉者なのだ。

〈バスに乗って西ドイツを巡る〉

私がバスに乗車したのはバート・ナウハイムの北にあるギーセンという街だ。そこから北に進み、ブラウンシュヴァイクでフォルクスワーゲンの工場を見学した。工場は広々として清潔、働いている人たちはとてもリラックスした感じで、私がそれまで持っていた「工場労働者」のイメージとはまったく違っていた。技術責任者の説明会があり、私は何もわからなかったが、機械工学の専門家らしいブルガリアのワーニャ・タッセバ女史は、熱心に議論していた。

　そこから一路東に、ベルリンへと向かった。西ベルリンは当時共産圏東ドイツの中にあり、たった一カ所西に属する陸上の孤島だった。ブラウンシュヴァイクを出てしばらくしたら、東西ドイツの国境を通過した。国境では、ものものしい制服に身を固めた、東ドイツ国境警備隊による厳格な車内の取り調べがあり、西ドイツの新聞は全部取り上げられ、写真撮影は禁止、カセットテープも見つかれば取り上げられた。東ドイツ内ではいっさい車外に出ることは許されず、極めて殺風景な景色を見ながら、数時間走って西ベルリンに着いた。すると目の前に、嘘のように、急に華やかな大都会が開けた。

　ここに二日間滞在したが、その間に、日帰り観光ビザをもらって、「ベルリンの壁」を通過し、東ドイツの首都である東ベルリンを散策する機会があった。第二次世界大戦前、ドイツの首都だったベルリンの中心地は大方、東ベルリンの側にあるから、経済的に落ちぶれているとはいえ、東ベルリンの雰囲気は格調の高いものだった。お腹が空いてきて付近を見回してみたが、立派なレストランなど見当たらない。みすぼらしいキオスクのような所でタルタルステーキを買って食べたら、安いわりにはとても美味しかった。

　東西ベルリンを駆け足で巡ったあと、バスでまた同じコースを逆戻りして西ドイツに帰り着き、そこから北に向かって、ハンブルグ、リューベックまで行き、今度は西寄りに南下して、トリアーの近くでモーゼルワインの試飲会をした後、南ドイツのフライブルク、ボーデン湖、フュッセン、ミュンヒェンを巡り、そこから北上してニュルンベルク、ビュルツブルグを訪ねてまわるという、素晴らしく盛りだくさんの旅行だった。

〈旅行中の演奏会〉

フライブルクの宿にピアノがあったので、ポーランド人の哲学者スワヴェックの提案で、夕方、私のコンサートをすることになり、シューマンの「クライスレリアーナ」とプロコフィエフの「束の間の幻影」を演奏した。

この旅行グループ中で一番若かったのが、このスワヴェックとイギリス人の歴史学者アダムで、彼らは三十歳だった。この二人はどうやら私に関心があって、お互いに競っているようだった。スワヴェックは切れ者で、野性的に物事をぐいぐい進めるタイプ、それに比べてアダムはやや大人しく、遠慮深い感じだった。

ミュンヘンでは、演奏会を聴きたくて、アダムと二人でキュヴィリエ・シアターの切符売り場で夕方並んでいたら、通りかかった年配の女性が、「一緒に来なさい、券があまっているから」と手招きする。有り難くついて行ったら、無料でスークの率いる室内合奏団の素晴らしいコンサートを聴くことができた。

〈フンボルトの同僚と室内楽を始める〉

この旅行の間に、ポーランド人の数学者でヴァイオリンを弾くアンナと、チェロを弾くアダムが、「一緒に弾かないか」と提案してきたので、旅行の後、彼らとトリオを一緒に演奏するようになり、バート・ナウハイムの研究所か、もしくはアンナのいるダルムシュタットで合奏した。彼女の間借りしている家にはグランドピアノがあった。ある時はフランクフルト大学の講堂で演奏会を開き、旅行グループのメンバーを招待して同窓会のように集まったし、またボンでフンボルト留学生全体の会合があった時、そこでも演奏した。アダムはそういった機会を見つけて企画したり交渉したりするのが得意だったのだ。

アンナはリズムを数えるのがとても不得手で、練習中に始終カウントを間違え、共演をばらばらにした。そして「私がなぜ数えられないのか分かる？　数学者だからよ」と言っていた。数学者は、1、2、3、といった簡単な勘定も、つい、複雑なやり方をしては、間違ってしまうのだそうだ。そのためバロック以外の曲は彼女には難しすぎて、三人では弾けなかった。バロック音楽の特別な信奉者というわけではない私にとって、これでは少々物足りない。それはアダムにとってもどうやら同じだったので、彼女を抜いた形でロマン派の曲、ブラームスのチェロソナタなどをしばしば弾くようになった。

16. フォルクマン先生との出会い

〈クラインホイバッハでの演奏会〉

このころに、ドット先生のはからいで、先生の別荘のあるクラインホイバッハという北バイエルンの小さな町で、リサイタルを開くことになった。ロミー・カルプというソプラノ歌手と一緒に、ピアノソロ半分、歌半分、というコンサートだった。ソロの曲目はショパンの「アンダンテ・スピアナートと華麗なる大ポロネーズ」及びラヴェルの「夜のガスパール」、歌はマヌエル・ド・ファリャの「スペインの世俗的な歌」だった。

ロミーは、私よりずっと年上のふくよかな女性で、今まで聴いたことがないくらい特別な美しい声の持ち主だった。リハーサルの際、しばしば、その地方の名産である、アヒルのように首が細くて下半分が丸い形のフランケンワインを、ビンごと口にあててゴクリと飲み、「ワインは喉にいい」と、自分に言い聞かせるように言う。「ホントかしら」とやや疑いつつも、「ふーん、そうですか」と感心しているようなふりをしていた。

演奏会に先立ち、ロミーが「人前で弾く前に、一度、知り合いのピアノの教授に聴いてもらってはどうですか」と言うので、それは素晴らしい考えだと思い、彼女に頼んでフランクフルト高等音楽院のフォルクマン教授に連絡をとってもらった。彼女が親しくしていたチェンバロ奏者がフォルクマン先生と親しく、この方が仲介者になってくれたのだ。こうして教授のピアノレッスンを受けることになった。

余談であるが、このチェンバロ奏者はこの後しばらくしてエイズで亡くなられたそうだ。エイズは当時、治療法がなくて多くの人を死に至らしめる恐ろしい病気だった。

〈初めてフォルクマン先生を訪ねる〉

電車でフォルクマン教授の家のあるクロンベルクの駅に着いたら、小雨の降る中、一つの傘の中に入った三人の小さな子供が寄ってきて、「マリコさんですか」と聞く。お父さんに言われて迎えにきたのだ、と言う。なんと温かい雰囲気だろう、とびっくりした。その雰囲気はそのままフォルクマン先生の授業に引き継がれ、レッスンは本当に素晴らしかった。ピアノを習うとはこういうことか、と思った。習った曲はショパンの「アンダンテ・スピアナートと華麗なる大ポロネーズ」。クラインホイバッハでの演奏会のプログラムを説明したら、それを弾いてみなさい、と言われたからだ。授業料は日本では考えられないくらいに安かったのだが、それでもとても申し訳なさそうに受け取られた。

レッスンのあと、「また来てもいいですか」と聞いたら、承諾してくださったので、演奏会の直前にもう一度レッスンを受けに行った。二回目のレッスンの際には、前に教わったことを十分に自分のものにしていたので、先生は私の上達ぶりに感心されたらしく、「ブラヴォー」と褒めてくださった。

この演奏会はかなりの成功をおさめ、ドット教授は非常に喜んでくださった。またジュードドイッチェツァイトゥングに大変良い新聞批評が出たので、私はとても嬉しくてこの新聞批評をフォルクマン先生に見ていただいた。

〈二度目の帰国〉

演奏会のあと間もなく、日本に帰ることになった。フンボルト奨学金は全部で二年間もらえるので、まだ八カ月分ほど残っていたが、全部を一度にもらわず一部残しておいて再度渡独する際に使う、という方法があり、私はそれを選んだのだ。そうすれば、いつでも好きな時に、ビザの心配なく再び渡独できるからだ。

私はこの時、次に来た時には永住することになるかもしれない、と予感していた。

17. 医学と音楽との葛藤

〈再び日本で〉

日本では再び京大医学部眼科学教室で助手になった。私の所属する電気生理の研究室には、本田先生のもと、ドイツに行く前からいた根木君と河野君がいて、また電子顕微鏡の研究室には友人の松村美代さんがいて和気藹々としていたし、その他にも眼科研究室の住人は数が増え、活気に満ちていた。眼科研究棟が老朽化してお化けの出てきそうな雰囲気にもかかわらず、そこでの毎日は楽しかった。

しかし臨床の方は、手術を長くやっていない間に他の人たちは進歩を遂げていて、私はひどく取り残されていたので、あわてた。白内障手術は、このころ画期的な進歩を遂げ、眼内レンズの挿入を可能にする嚢外(のうがい)摘出術が主流になり、それまで行われていた嚢内摘出術は、ほとんど行われなくなっていた。しかし、私が習ったのは嚢内摘出術のみだったため、技術的には遥かに難しい嚢外摘出術を新たに学ばないといけなくなったのだ。そのため、後輩医師に頼んで、週に一回アルバイト医として派遣されていた長浜病院で、教えてもらったりした。京大病院では、すでに助手である私が、研修医のように一から教えてもらうわけにはいかなかったからだ。しかし、技術的な遅れはかなり大きく、そう簡単に取り戻せそうにはなかった。

ドイツ旅行以来しばしば一緒に演奏したりして付き合っていたアダムとは、ドイツ語で文通して、ドイツの様子を常時知らせてもらっていた。

フォルクマン教授の授業の素晴らしさは忘れ難く、どうにかして彼のもとでじっくり学びたいものだ、という考えが、ずっと頭の中にあった。フランクフルトの音楽院に入れないだろうか、先生があんなに感心してくださったのだから、もしかしたら可能かもしれない、と考え、思い切って「先生のもとでピアノを学びたい、そのためには、医学の仕事を中断してもいいと思っている」という内容の手紙を書いた。

すると返事が来て、「あなたは大変優秀なピアニストで、ピアノを弾く医者、としては間違いなく世界一だと思うけれど、音楽の世界は競争があまりにも激しく、医者のような立派な職業を持つ人におすすめできるものではない。しかし、それでもいい、というなら、自分は止めない」と書いてあった。

小さい時から夢見てきた、本当にやりたかったことを試してみる、二度とは来ないチャンスだ。医者としての自分に一〇〇パーセント自信を持てない今、音楽でどこまでできるか、それに賭けてみよう、そう決心した。

〈音楽留学への準備〉

ついては、身辺の整理をしなければならない。澄夫君にドイツ音楽留学を決心したこと、次回ドイツに行けば、いつ日本へ帰国するかはっきり言えないことを告げ、「離婚しましょう」と提案した。彼が喜ばなかったことは確かであるが、私の決意は変わらなかった。彼は降参し、共同名義だが私が主として支払っていたマンションを彼のものとすることで話がついた。協議離婚なので、手続きは非常に簡単だった。

母はどうだったかというと、もとより憎くてたまらなかった澄夫君と離婚するのになんの異存もなく、大変協力的だった。母は、彼と別れるのはドイツから帰ってこないつもりだからではないか、それなら自分にとっても嬉しい話ではない、と状況を深読みすることはできなかったようだ。

この年の祇園祭の宵山に、ちょうど留学して京大眼科に来ておられた中国人の先生を案内し、同僚と連れ立って出かけた。祇園祭はいつも暑い盛りで、人ごみの中で大変な思いをするから、大学一年生の時以来、行ったことがなく、また行きたいとも思わなかった。

しかし、「もしかしたら、もう今後見られないかもしれない」と思うと、その、日本ならでは、京都ならではの雰囲気に感無量だった。それまで気にもとめず、あたりまえだと思っていたこういった行事が、とても素晴らしいものに思えた。

そして一年後、京大病院を退職し、再度ドイツに渡った。

18．再びドイツで

〈フランクフルト音楽院の入試〉

ドット教授に、フンボルト奨学生としての期間が済み次第、音楽を勉強するつもりであることを告げたところ、「あなたはとても勇敢な人だ」と言われ、協力を約束してくださった。これはちょっと、日本では考えられない状況だ。今までさんざんにドイツの奨学金を使って医学研究をやってきたのに、それを放り出すというのだから、「恩知らず」だと言われても仕方がないところなのに、なんという寛大さであろうか。私はかなり驚きつつも、彼の好意に甘えることにした。

余談になるが、この時から数年後、私が音楽学生をしていたころだと思うが、ドット先生のところに誰か医学関係の客が来ていた時に依頼されてピアノを弾いた。すると、ドット先生がその客に、「これを聴けば、誰だって（私が音楽家になろうと思うことが）理解できるではないか」と話されていたことがあった。そういうわけで、医学研究は続けなが

エバ―ハルト・ドット教授と共に

らも、音楽院の入試の準備にとりかかった。

フォルクマン先生と相談し、バッハの平均律から2巻の変ロ短調、ベートーヴェンの「ワルトシュタイン」、ショパンの「舟歌」、それにストラヴィンスキーの「ペトルーシュカ」から終楽章、を準備することに決めた。音楽院の入試では、自由に選んだ時代の異なる四曲を演奏する、という決まりだったのだ。

まったくの偶然だが、フォルクマン先生と日本で習っていたマックス・エッガー先生は旧知の仲だった。そして彼らは私に関して連絡を取り合い、私の「ペトルーシュカ」についてエッガー先生がフォルクマン先生に話されたので、入試ではぜひそれも弾くように、と言われたのだ。

フォルクマン先生のレッスンはいつも素晴らしくて、バッハの弾き方など、目から鱗が落ちるようだった。的確なアドヴァイスはこれほど役に立つのかと驚くほど、短期間に上達した。そして先生の方も私の上達の速さにびっくりしておられたらしい。入試の準備を始めた最初のころは、他の音楽大学をかけもち受験するようにと言われていたのだが、入試が近づいてきたころには、「間違いなく合格するから心配いらない」と言われるようになった。時にはアップライトピアノでなく、グランドピアノで練習できるようにと、音楽院の門衛さんに話をつけてくださり、先生のレッスン室のスタインウェイで練習したこともしばしばあった。

そんなふうに、実際的にも心理的にも助けてくださったので、緊張はしても非常に充実した気分で受験に臨めた。試験時間は一人約二十分で、最初に弾く曲は自分で選び、その後は審査員の言われるとおりに、弾いたり止めたりする、というのが試験のやり方だった。私はバッハから弾き始めた。ホールのスタインウェイのコンサート・グランドは大変弾き易く、思い通りに音色の調節ができるので、緊張しているはずなのに弾いていて気持ちがよかった。たいていの人はすぐ途中で止められていたので、どこで切られるのだろう、と思いながら弾いていたが、平均律の中では一番長い曲の一つなのに、フーガの終わりまで全部弾かされた。すると、「ああ、どうやらみな喜んで聴いてくれているようだ」と思い、緊張が一挙に解け、次のベートーヴェンは実にのびのびと弾けた。一楽章の提示部だけで止められた後、先生方が「次はどれにしよう、まだ『舟歌』と『ペトルーシュカ』があるが」と相談されていたが、そのうち、一人の先生が（この人は後になって、有名なピアニストのホカンソンだと分かった）「ペトルーシュカ」と叫ばれた。それも終わりまで全部弾いた。他の人と比べると、ずいぶん長い試験だったと思う。

弾き終わった後、ホールの外に出たら、そこで待っている受験生の一人、韓国人らしい女の子が「あんた、すごくうまいねえ」と言ってくれた。しばらくしたら、フォルクマン先生が「よくやった、よくやった」と言いながら出てこられたので、「あのー、試験の結果はどうなのでしょうか」と聞いたら、「何を言っているのですか、もちろん合格ですよ」とおっしゃった。審査員の一人だった別の若い先生も出てきて、「グロースアルティヒ！」（すごかった）と褒めてくださった。

ピアノ以外に、音楽理論の試験もあったが、これは事前に「この本で準備すること」と言われていたグラープナーの本をちゃんと読んであったから、全然問題なかった。

かくして、私は三十五歳という、異例の高年齢ピアノ学生となった。この点では、私は極めて幸運だったのだ。ミュンヘンやケルンなど、有名な音楽大学の多くは、厳しい年齢制限があったたし、フランクフルトでも、年齢制限をつける話は当時進行中だったのだそうで、その翌年からは、三十歳以下、という制限がつけられた。私は文字通り、滑り込んだのだ。

すぐさま、フォルクマン先生と相談して今後の予定を立て、まず、ブラームスの「ヘンデルの主題による変奏曲とフーガ」を勉強する、と決めた。

19. 音楽学生になって

〈音学院での授業〉

フランクフルト音楽院の学生になって最初の一年間は、ドット先生のはからいにより、マックス・プランク研究所の奨学金を半分だけもらい、週に三日研究を続け、あとの日は音楽に、ということにした。もっとも研究の日も夕方には練習できるわけだから、それで十分だった。

今まで音楽学校に通ったことのない私は、日本の大学ですでに履修していて副科を免除されるたいていの日本人留学生と違って、音楽史、音楽理論、聴音といった科目もやらないといけなかったが、全て面白くて熱心に授業に出席した。聴音は絶対音感のある私にとっては非常に簡単なものだったが、音楽史はそうでもなく、一番前に座って、聞き取れるかぎりを必死でノートに書いた。音楽理論は、フォルクマン先生のはからいで、私だけは特別に、クラインという年取った作曲家の個人教授を受けた。他のピアノ科の学生は若い先生のもとで集団授業だったから、私はかなり恵まれた待遇を受けていたといえる。フーガの作曲法まで徹底的に習った。

しかしなんと言っても一番面白かったのはピアノの授業だ。毎週レッスンを受けることは子供の時以来なかったし、昔習っていた時でも、一つひとつの箇所が完璧に美しく響くようになるまで指使いを工夫し、困難な箇所の練習の仕方を教わって試みる、などといった徹底的な習い方をしたことはなかった。私の今までのピアノの先生は、最初がカナダ人のカトリックのシスターで、この方は幼児の手ほどきには非常に優れておられた。そのおかげで私は譜面を読む苦労をしたことがないが、シスターご自身はピアノをあまり弾かれなかった。この先生に中学生になるまで習い、次についた先生は作曲家だったから、普通の「ピアノの先生」には医学生になるまでついたことがなかった。医学生になってから、藤村るり子先生とマックス・エッガー先生に時折レッスンしていただいたが、その時も、自分で練習しておいた曲を聴いていただいて手直ししてもらう、というだけで、「弾き方」については特に教わったことがなかった。そういうわけで、私はこの時に至るまで「ピアノのテクニック」については習ったことがなく、ほとんど自己流だったのだ。

ある日、レッスンの最中に、フォルクマン先生が私の弾いている手をじっと見つめながら、「あなたの弾き方は実に変わっている。手首をまったく使わないで、指だけで弾いている。そんな間違った弾き方でも、才能があればちゃんと弾けるのだなあ」と感心するように言われた。そういえば確かに、私は子供のころから手首の運動が苦手で、ボール投げなど、前向きに投げたつもりでも後ろ向きに飛んでしまうといったふうだった。手首を動かす筋肉が先天的に一部欠けている、としか思えなかった。それでも一応ちゃんとピアノが弾けるのは、小さいころからいつも難しい曲を弾きたくて、なんとか弾けるようにと自分で工夫をこらし、他の筋肉の運動でカバーする方法を身につけていたからに違いない。

そういう変わった弾き方だから、通常のピアノの先生なら「こんな弾き方ではダメです」と、それを矯正する練習ばかりやらされ、そのためピアノを弾く喜びがなくなってしまったかもしれないが、幸い、私の昔の先生方はピアノのテクニックについてうるさく言わない人たちだったから、自分のやり方で通ってきたのだろう。

フォルクマン先生が「あなたの指の動きは素晴らしいが、少しは手首の動きで指を助けることができたら、もっと楽になるだろう。ちょっとこうやって動かしてみなさい」と両手首をブラブラっと速く回転してみせられたので、私も真似てやってみた。すると、ゆっくりしかできない。先生の半分くらいの速度だ。「え、そんなにゆっくりしかできないのか」と驚いておられるところへ、ちょうど門衛さんが何かの用事で入ってきた。「君、ちょっと見てみなさい。私の手の動きと、彼女の手の動きと、どう違うかね」と聞かれると、門衛さんは、「はい、教授の手の動きの方がずっと速いです」と、さすがは教授、と感心しているように答えたので、私と先生は大笑いした。

このように欠点を指摘されても、それでもって全体を否定されることはないので、意気消沈しないで練習に励むことができた。私の手首の欠点は、完全に直りはしなかったが、それを知って意識的に演奏法を工夫することにより、多くの技術的問題点を解決できた。こういうことは、私のようにある程度年を取った者には重要なことだ。子供の時と違って、もう体のでき上がっている大人が、それまでできなかったことを、しゃにむに練習したからといって、なんでもできるようになるものではない。それをよくわきまえずに無理な練習を続ければ、指を痛めたためにピアニストになるのを諦めないといけなかったローベルト・シューマンのように、不可逆的な損傷をきたす恐れがある。現に、そういう人たちを私は何人も知っている。シューマンには作曲の才があったから、彼の指の故障は後世の人々には幸いだったと言えようが、たいていの場合は、それがもとで音楽の道を諦めないといけなくなってしまう。本当にいい先生なら、音楽的な面を教えるのはもちろん、技術的な面では、生徒一人ひとりの特性を考え、それに合わせた教え方をしてくれるのだということが、フォルクマン先生の授業で分かった。

前に述べたように、私のそれまでの演奏はいわば自己流だったから、そういうふうに教わるのがなんだか不思議な気分で、自分は競走馬で、先生は調教師であるような気がした。

〈音楽院での最初の演奏、及びドイツ人の心の広さ〉

ブラームスのピアノ曲はそれまでとっつきにくかったのだが、こうして習ったおかげで大好きになり、「ヘンデル変奏曲」は私の最重要レパートリーの一つになった。この年の秋に学内演奏会でこれを演奏したところ、大好評で、フランクフルター・アルゲマイネという大新聞で褒めてもらった。

この時、同じ演奏会に出演していたもう一人のピアニストのバルバラは、シューマンのソナタで酷評され、「ブラームスとでは天と地の違い」とまで書かれていたので、なんと気の毒に、さぞ気分が悪かろう、と思っていた。ところが、次に会った時「あなたの演奏は本当に素晴らしかった」と心から褒めてくれたので、彼女の人柄のよさに感心した。それまであまりそんな経験をしたことがない。人前で上手く弾いたら、誰か彼かに妬まれていやな思いをすることが多かったように思う。

この後にも何回か、ドイツ人の心の広さというか、他人の長所を妬まずに素直に認めることができる、という美点を見る機会があった。その一例だが、ブラームスを弾いてしばらくしたころ、フォルクマン先生が作曲された「童謡を主題とした変奏曲」の演奏会があり、そのソリストに選ばれた。この「変奏曲」はバロックから現代にいたるいろんな作曲家のスタイルを真似て作った非常に大掛かりなもので、ピアノソロ、ピアノ伴奏つき歌曲のみならず、たとえばショパンやリスト、ドビュッシー、バルトークなどはオーケストラつきの協奏曲として作曲され、効果万点、非常に面白いものであった。四回にわたっていろんな大会場で演奏され、聴衆も総計数千人に至った。当然、このピアノは誰でもやりたかったに違いない。後になって分かったことだが、実は私より早くから、同僚で私の一年先輩にあたるが、年齢はずっと若いマティアス・フックスが練習していたらしい。しかし私のほうが適している、と先生が判断されたので私にまわってきたのだ。マティアスは非常に有能なピアニストだったし、腹を立てても不思議はないのだが、彼は終始友好的で親切、妬むというような素振りはまったくなかった。ある時学内演奏会で彼が演奏したショパンの24のプレリュードは、私がそれまで聴いたこともないくらい完璧で、しかも情感のあふれたものだった。なぜ、私が彼に取って代わることができたのか、不思議だった。

音楽院ではその後、ベートーヴェンのピアノ協奏曲を五曲全部とソナタ全曲、シューマンの「謝肉祭」「幻想曲ハ長調」、ショパンのポロネーズ、バラード、ソナタなどなど、クラシックとロマン派を中心に数え切れない曲目でレッスンを受け、私のレパートリーは確実に大きくなっていった。ただし先生は現代曲、ことに12音音楽が大嫌いで、そんなものをレッスンに持って行っても、ただ聴いてもらうだけで勉強にならないので、あまりやらなかった。先生によれば、「12音音楽」はそもそも根本的に間違いだそうだ。人間は中心（すなわち調性）のない音の連鎖を楽しむことはできない。この間違った理論のためにクラシック音楽が行き詰まってしまった、というご意見だった。

ある時、「ラヴェルの『夜のガスパール』を弾いてもいいですか」と訊ねると、「いいですよ、やりなさい」と言われたので、次の週に持っていった。これは、先生の得意分野ではなかったと思うが、レッスンの前に部屋の外で耳を澄ますと、なんと、中で一楽章の「オンディーヌ」が実に美しく鳴っている。どうしたことか、他の人はこの曲をやっていなかったと思うのだが、と部屋をのぞいたら、先生が自分で弾いておられた。十分な授業ができるように、と練習しておられたのだ。まったく先生の鑑のような方だった。

〈音楽院での室内楽など〉

音楽院に入ってしばらくしたころ、先生が「ヴァイオリン学生が伴奏者を探している。彼女と一緒に弾いてみては」と、エジプト人の優秀な学生、バスマを紹介してくださった。彼女と一緒にバルトークのラプソディー二番を練習し、ヴァイオリンの授業に一緒に行き、学内のコンサートで演奏した。それからしばらくして、音楽史の授業を一緒に受けていたチューバの学生、ベルンハルトが、リヒアルト・シュトラウスの「ホルン協奏曲一番」を伴奏してくれないか、と私に聞いてきた。面白そうだからすぐオーケーし、一緒に練習した。チューバはホルンより音域が低いので、オリジナルより1オクターブ低い演奏だ。二人で室内楽のライナー・ホフマン教授のレッスンを受けに行った。

このころ室内楽はピアノ科学生の必修科目ではなく、やるかやらないかは学生の自由意志に任されていて、ホフマン教授のレッスンを受けたいグループがあれば、直接頼みに行ってレッスンの日取りを決めていた。その弊害で、ピアノ科の学生の中には、ソロだけで手いっぱいだからと、いっさい室内楽をやらず、卒業試験の直前になってから、試験に必要な最小限度だけをこなす、という人がたくさんいた。そのため、ピアノ以外の楽器の学生は、伴奏者を見つけるのに四苦八苦していた。トランペットの先生が「伴奏者が欲しかったらピアノ科に彼女を見つけるのだ、それしか手はない」と言っていたことがある。

ホフマン教授に初めて会ったのは、チューバによるシュトラウスのホルン協奏曲の伴奏をした時だったのだが、先生は最初から大変私のことを気に入ってくださった。今まで京大音楽研究会などでさんざんに伴奏していて、人に合わせて弾くのが得意だったからだろう。「年齢は」と聞かれたので、「年とっているのです。三十五です」と答えたら、「三十五歳の人が二十歳の人のような演奏をすれば、年とっていることになるけれど、三十五歳の演奏をするのだったら問題ないですよ」と言われた。

チューバによるホルン協奏曲はかなりの成功をおさめ、学内、学外で演奏会に出たのみならず、フランクフルト音楽院の代表としてラジオにも出演した。余談になるが、この時一緒に弾いたベルンハルトは、なかなかハンサムで体格もよく、真面目ないい青年だった。しかし、卒業後、あるキリスト教のセクトに属する女性と結婚してその集団に加わり、一般社会から隔離された生活を始めて、チューバはやめてしまったのだそうだ。

私は人と共演するのが好きだったし、頼まれればすぐホイホイと伴奏したので、瞬く間に学校中で知れ渡ったらしく、次々と依頼がきて、そのたびにホフマン先生のところに行った。時には同じ日に何回も相手を替えて授業に行ったこともあり、先生に「君は連続演奏者だねえ」と笑われた。先生には、室内楽、歌曲伴奏、それにホルン協奏曲のようなオーケストラ・パートの演奏まで、非常に多くの分野で指導を受けることができた。

日本人学生二人と一緒にブラームスのホルントリオを練習し、レッスンに持っていったことがある。すると先生は、「あとの二人(ヴァイオリンとホルン)はマリコを真似て弾くように。日本人は、自分の知っている限り、ロマン派音楽を感覚的には理解できないのだが、マリコだけは別だ。なぜだかわからない」とおっしゃった。

ある時、音楽教育過程(学校の音楽の先生になるためのコース。ピアノ科のような演奏家用のコースとは別）で勉強している、あまり優秀ではないが、人付き合いがよくて人気のあるミヒャエルが、「マリコ、喜び（ドイツ語でフロイデ）を得たかったら、ボクに言ってくれたまえ」と言う。私はさっぱり訳が分からず、友人で京都出身のオルガン科の真奈さんに、「彼が、こんなこと言うてるけど、どーいう意味やと思う?」と聞いた。「なんやそれ?」と彼女も言って二人で顔を見合わせているうちに、両方とも同じ考えにいきあたった。大笑いして、それ以来、彼に〝フロイデマン〟というあだ名をつけた。ずっと年上の私にそんな提案をしてくるのは、きっと若く見られているからだ、と気をよくし、彼には「ちゃんとボーイフレンドがいますから」と丁重にお断りした。

20. 国際コンクールの経験

〈ハエンのピアノコンクール〉

たいていのピアノコンクールには二十八歳以下とか三十歳以下とかの年齢制限があって、私は参加できなかったが、ある時、学校でスペインのハエンという所で行われるコンクールのパンフレットを見つけ、年齢制限については書いてなかったので、受けることにした。「ワルトシュタイン」、「ヘンデル変奏曲」、「夜のガスパール」、「ペトルーシュカ」といった得意の曲目の他に、ショパンのエチュード二曲、規定されていたアルベニスの「イベリア」から一曲を選んだ。

準備万端整えてコンクールに臨み、一次は「ペトルーシュカ」を弾いてクリアーした。二次はクラシックのソナタを弾かねばならないが、これは主としてドイツものだから、強いつもりだった。ところが、自分としては満足な演奏をしたにもかかわらず、なぜだか、私から見たらソナタの弾き方としては邪道だと思えるような演奏をしたフランス人、スペイン人といった人たちが本選に進み、自分自身は落ちてしまった。そんなばかな、と怒りのあまり、夜中に激しい腹痛に見舞われ、同じ部屋に寝ていたドイツ人に「正露丸」をもらって飲む羽目になった（このドイツ人の夫が日本人で、彼女は正露丸を持ち歩いていたのだ）。国際コンクールでは、こういった「好みの違い」がよくあるものだと、もっとずっと後になってから分かったが、この時はひたすら腹が立った。

コンクールの後、マドリッドに出て街をぶらぶら歩き回っていたら、向こうから、長らく会っていなかった弟と奥さんの有理が、赤ん坊の長男、幸太郎の乳母車を押しながらやってくるのに出会って、びっくり仰天した。当時アメリカ留学中だった眼科医の弟が、このころにスペインで学会に出席すると聞いてはいたが、この日に落ち合う約束などしていなかったし、マドリッドでばったり出会うなんて、まったく世界は狭いものだ。一緒に弟たちの滞在しているホテルへ行って、コンクールでの鬱憤をぶちまけたところ、弟が、「まあ、一次に合格したというんやから、（国際コンクールを）受けられへんほど下手やない、ということやな」と言った。それもそうだ、それが分かっただけでもいいや、と思うことにした。

〈ザルツブルクのモーツァルト・コンクール〉

このしばらく後、オーストリアのザルツブルクでモーツァルト・コンクールに出る機会があった。なぜだか分からないが、参加資格に年齢制限がついていなかった。一次はケッフェル300台の中期のソナタとバッハの平均律、二次は後期のソナタとショパンのエチュード、三次は前期のソナタ、決勝はピアノコンチェルト、という規定だった。参加者は六十人あまりで、その内約三分の一が日本人。韓国人も多くいたから、全体の半分は東洋人だった。

このコンクールは、そもそも最初から変だった。会場に着いたら、いたるところで、日本人のグループが金魚のウンコみたいに審査員について歩いているのが見かけられたのだ。ドイツではすっかり忘れていた「日本音楽界的な雰囲気」だった。

一次審査は二日にわたって行われ、私の出番はおおよそ真ん中、二日目の最初から二番目だった。一日目は練習していたので会場にはほとんど行かず、その日の演奏は聴かなかったのだが、夕方、同じ部屋に泊まっている青木さんが、「自分は絶対うまく弾いたのに落とされた。納得がいかない。選び方に不正があると思う」と言う。「それなら、明日、私が弾いた後は全部聴いて、自分たちで採点して、結果と比べてみようよ」ということになった。彼女と、もう一人同じ部屋にいた韓国人の王さん（彼女は私の少し後で弾くことになっていた）と三人で、翌日は自分たちの出番が終わったら会場に座って全部聴き、採点した。

私の演奏は自分としては十分なできで、たいていの人には負けていないと思ったし、青木さんもそう言ってくれた。そのしばらく後で、非常にあがっているらしく、音が十分に出ていなくて、ただ指を動かしているだけ、といった拙い演奏をした日本人の女の子が私たちの前の列に座った。日本人の友人二人と一緒だった。彼女は席につきながら、「あれ、いったい何よ」と自分の演奏のまずさにしょげているので、「ちょっと緊張しちゃったねえ、でも、あの程度ならどうということないよ」と、私はおせっかいにも彼女の友人たちに加わって慰めた。

しばらくしたら王さんが、やわらかい音で美しい演奏をした。私は、同じ部屋に泊まって友人になったばかりの彼女が上手く弾いたのが嬉しくて、つい、「この子、上手いねえ」と声を出して言ったら、前に座っていた三人が一斉に振り返り、ものすごく悪意に満ちた目つきで私をにらんだので、びっくり仰天。何か悪いこと言ったかしら、と考えたけど、どうにも思いあたらない。「他の人を褒めるなんて許せない」という感覚なのだろうか。

さらにそのしばらく後で、あるヨーロッパ人の女性が有名なトルコ行進曲つきのソナタを弾いたが、この曲は一楽章が変奏曲でいたるところに繰り返しがあり、彼女は全部の繰り返しをしながら弾いていたところ、審査員席から「繰り返しをしないように」との声が響いた。それでも、くせがついているらしく、また繰り返したら、今度は非常に怒ったような口調で、「繰り返しをやめろ！」と怒鳴るので、聞いていた私たちは彼女をかわいそうに思った。

その日の約三十人が全員弾き終わった後で、合格者の発表があった。私たち三人は、さっそく自分たちの採点と見比べた。すると、まったく信じられないことが明らかになった。ヨーロッパ人らしき名前の参加者については、私たちの採点通りに、上手に弾いた人は一応みな合格していたのに対し、アジア人に関しては、演奏の質とほとんど無関係の選び方だった。私も王さんも落ちていた。青木さんはそれを見ながら、「やっぱりねえ、あんたの演奏は、ちょっとはっとするところのある演奏やったから、落とされるんやないか、と実は思てたんや」と言った。

そこにちょうど、会場で私たちの前に座っていた人がいたので、「残念だったねえ」とよく確かめないで言った。その人の演奏はあまりにもひどかったので、落ちるに決まっている、と思っていたからだ。ところが彼女がむっとした表情で、しかし勝ち誇ったかのように、「私、通ったのよ」と言ったので、驚きのあまり、返事の言葉もなかった。

こんな気分の悪い場所にはそれ以上いたくないから、コンクールの続きは聴かず、ザルツブルク観光もせず、さっさと帰途についた。

それから三カ月くらいたったころ、私のもとに「入賞者演奏会」のレコードが送られてきた。それによると、一位になったのは三十五歳のオーストリア女性で、あの、「トルコ行進曲つき」を繰り返ししながら弾いた人だ。この人を一位にする、と最初から決めてあったコンクールだったらしい。それゆえ、年齢制限もなかったし、気心が知れた相手だから、あのように会場で怒鳴ったりもしたのだ。怒る、というより、あきれ返る、という感じで、そのレコードは「あのコンクールのやり方には同意できないから、いりません」と書いた手紙をつけて送り返した。

フランクフルト音楽院でこの話をしたら、自分も同じような目にあった、という人がいた。声楽で、のち京都芸大の教授になったツヤコさんは、ウィーンのフーゴー・ヴォルフ・コンクールで同様の腹立たしい経験をし、入賞者演奏会で伴奏者とともに「ブー」(引っ込め!)と叫んだのだそうだ。また、やはり声楽のある女性は、フランクフルトで師事していたエリザベート・グリュンマーという先生がご病気のため、教えてもらえなくなったので、バッハの「マタイ受難曲」のエヴァンゲリストとして有名な某テノール歌手に習いたいと思って、オーストリアまで行った。ところが、彼女の歌などいっさい聴こうとせず、「あなたは授業料をいくら払えますか」とだけ聞かれ、驚いて逃げて帰ってきたそうだ。オーストリアがどこでもこうなのかは知らないが、私たちの印象は極めて悪く、「あそこは腐敗している。日本人が多すぎてそうなったのかもしれない」と話し合った。

〈トラパニの室内楽コンクール〉

このようにソロのピアノコンクールでは不振だった私だが、時にはいいこともあるものだ。音楽院に入学直後、一緒に弾いたヴァイオリニスト、バスマの夫がチェリストで、やはりエジプト人だが、専攻科の優秀な学生だった。このカーメルとデュオを組んで、イタリアはシチリア、トラパニの室内楽コンクールを受けた。このコンクールは室内楽ならなんでもこい、というもので、全部で七十組ほどの参加者だった。様々な楽器の編成によるデュオあり、トリオあり、カルテットあり、中には聞いたこともない民族楽器の出演もあって、バラエティーに富んでおり、聴き手にとって極めて面白いものだった。非常に小さな笛とピアノのデュオがあり、笛の奏者はなかなか上手かったが、この笛は音程の調節ができないらしく、吹き始めた時には正しい音程だったのに、終わりかけには約半音もピアノより高くなっていたので、聴き手は耳をおさえてこらえていた。

このコンクールではどうやら、審査員の好みが私たちに有利にはたらいたらしい。一次に演奏したブラームスのチェロソナタ一番の三楽章フーガで、カーメルが予定外の大テンポ・ルバート（意図的に音を引き伸ばしたり短縮したりする音楽表現技巧）をしたために、ピアノとチェロがずれてしまって、ずれたまま楽譜一ページくらい弾き続けた。独奏なら本番でいつもと違ったことをしても大丈夫だが、デュオの場合はそうはいかない。一人が予定外のことをすれば、合わなくなってしまう。一時合わなくなっても、たいていはすぐ簡単にもとに戻せるのだが、このフーガはややこしくて、チェロの弾いている部分を見つけるのに時間がかかったのだ。これでは絶対ダメだ、通るはずがない、と二人とも思っていたが、どういうわけか合格した。

二次だけは、ベートーヴェンとドビュッシーで難なく通過したが、三次の決勝では、ラフマニノフのチェロソナタの二楽章をものすごい勢いで弾いていて、はっと気がついたらチェロが鳴っていない。どうしたことか、とチェロの方を見たら、カーメルが、弾くかわりに、二メートルばかり前に落ちた弓をにらんでいる。勢い込んだあまりに弓を空高く飛ばしてしまったのだ。仕方なくいったん演奏を中断し、弓を拾い上げてまた始め、予定通りに三楽章の終わりまで弾いたが、もうこれはいよいよ駄目だ、入賞なんてありえない、と思った。ところが、結果は三位入賞だった。きつねにつままれたような気分でいるところへ、審査員の一人がやってきて、「あなたたちの演奏は非常に良かったが、ハプニングがありすぎたから、これ以上、上位にはできなかった」というので、私たちは二人とも恐縮し、「いえ、これで十分です」と答えた。

〈二度目の結婚〉

この室内楽コンクールと同じ年、一九八五年の四月一日に、私はアダムと結婚した。ドット先生のはからいでもらっていたマックス・プランク奨学金は入学して一年で切れ、それ以後はフランクフルトで彼と同居していたから、いわば、形を整えただけであるが。イギリスから来ていたアダムの母親のアンネリーと、友人のビンフィーに証人になってもらった。アンネリーには、事前に結婚することをわざと言っていなかったので、彼女はわけわからないままに役所に引っ張って行かれ、そこでビンフィーから理由を明かされて、驚きつつ喜んだ。

日本にいる私の母には、反対されるに決まっているので、いっさい相談しなかった。そもそも、二度目に来独して以来一度も日本に帰っていなかった。帰りたいという気持ちにならなかった。この年になって学生をしているというのが、気恥ずかしかったのだ。

もっとも、母には時折手紙を出して近況を知らせてはいた。日本の友人たちとはほとんどなんの連絡もとっていなかったので、私は行方不明、ということになっていたらしい。私がやっと日本に帰ってみる気になったのは、音楽院の講師になった一九八九年で、実に六年あまり日本に帰らなかったわけだ。

〈エジプト演奏旅行、及び卒業試験〉

一九八六年二月にはバスマとカーメルの出身地、エジプトに演奏旅行をした。バスマの母親が文化関係の有力な政治家だったので、エジプト日本大使館と交渉し、大使館が私を招いてくれたのだ。おかげで大使館員の行き届いた世話つきの、極めて快適な旅行だった。ソロと、デュオとトリオの演奏会の合間には、ピラミッドなどの観光をさせてもらったし、夜にはキャバレーで本場の素晴らしいベリーダンスを見る機会もあった。もっとも、バスマはベリーダンスを国辱と思っているようだった。女性の体を娯楽品として扱っている感じがするかららしい。

そういえば、エジプトはイスラム教国なのだが、彼女の母親のように、政治から何から、いろんな分野で高い地位についている女性の数は、日本と比べ物にならないほど多いように思えた。行く先々で、男に命令している威厳のある女性に出くわした。

この楽しい旅行にも、一つ欠点があった。それは、エジプト人が時間にルーズなことだ。カーメルやバスマと練習のために待ち合わせても、時間通りに来ることは一度もない。フランクフルトでもそうで、ときどきは頭にくることもあったが、エジプトでは周りがみなそうだから、そのルーズさはさらに輪をかけてひどかった。ある時、カイロの音大の前でカーメルと待ち合わせたが、約束時間を一時間過ぎても、まだ現れない。いらいらして、門衛さんに、「一時間待ったけど来ないから、もう帰ろうと思う」と言ったら、「え、どうして？　そのうち来るよ」と、私がいらいらしているのがまったく理解できない様子だ。仕方なくもう一時間待ったところ、カーメルが至極上機嫌な様子で現れた。腹は立ったが、そこでは怒るほうが場違いなので、「郷に入れば郷に従え」と自分に言い聞かせ、ぐっとこらえて機嫌の良さそうなふりをした。

ある日、日本大使館で各国の外交官を招いてのパーティーがあったが、招かれた客があと全員そろっているのに、主賓ともいうべきエジプト人のバスマの両親がひどく遅れて来たので、私は心の中で苦笑いした。

一九八六年の夏、卒業試験を受けた。通常は五年勉強して卒業なのだが、私は最大限に短縮して三年半にしたのだ。副科の試験はその前の学期に全部済ませた。一次試験は前半にスカルラッティ、ハイドン、ラヴェルなどを弾き、後半はブラームスのピアノ協奏曲2番、というプログラムで、音楽理論を習ったクライン先生の作曲された「トッカータ」の初演も試験の一部として行った。二次試験は、前もって出してあったレパートリーのリストから選ばれた、ショパンのソナタ二番や室内楽のラフマニノフを弾く他に、試験開始の三時間前に渡された曲を演奏する、という課題と初見演奏があった。これらは私の得意分野だ。最優秀を獲得し、専攻科に進んだ。

21. 専攻科時代の思い出の数々

〈エナール夫人のサロン演奏会、及び音楽批評家論〉

音楽院専攻科といっても、特に変わったことをするわけではない。音楽理論など、副科の授業がなくなる、というだけのことで、ピアノや室内楽は今まで通りだ。

このころ、フランクフルトでエナール夫人という方と知り合った。彼女は自宅のマンションにイーバッハのグランドピアノを持ち、定期的にピアノの演奏会を主催しておられたので、数回にわたり演奏させていただいた。

ここで、当時の思い出の一つである音楽批評家のロルフェ・ヒーロン氏について、さらにはドイツの音楽批評一般の問題点について述べたい。

ドイツでは音楽の新聞批評が伝統的に盛んで、小規模の演奏会でも、しばしば批評家がやってきて何か書いてくれることが多い。最初のうちはこれに大変感激したものだ。しかし、経験を積むに従って、新聞批評というものの一般的な問題点に気づいた。それは、批評家がおおむね思い込みの激しい、先入観に囚われやすい人種であることだ。非常に良心的な批評家でも、いったん気に入った演奏家については聴くたび必ず褒め、気に入らない演奏家なら必ず批判的な意見を述べる。ロルフェ・ヒーロン氏もまさにそうだったが、一方で、この方は本当に良心的で、駆け出しの優秀な音楽家を見つけて支援したい、という情熱にあふれておられた。その批評は信用するに値し、ネガティブな意見を書かれた場合でも納得がいった。

音楽院の学内演奏会で、あるヴァイオリン学生とブラームスの二短調ソナタを弾いた時、「このヴァイオリニストにはこんなに深い内容の曲は無理である」と述べたのちに、「ピアノはうるさくてヴァイオリニストはアップアップと水死寸前だった」と書かれた。大ショックを受けたが、たしかにその通りだったに違いないので文句は言えない。それ以来、共演をする際、音量のバランスには特に気を配るようになった。

そのしばらく後で、リストのピアノ協奏曲を音楽院オーケストラと共演したところ、今度は「ダイヤモンドのようにシャープで勇気に満ちた演奏」とものすごく褒められ、それ以来、何を弾いても褒められるようになった。後日、ヒーロン氏と個人的にお知り合いになってから分かったのだが、彼はブラームスのヴァイオリンソナタを弾いたピアニストとリストの協奏曲のピアニストが同一人物だとは気づいていなかったそうだ。おかげで、悪

音楽批評家ヒーロン氏の追悼演奏会。フランツ・フォアラーバーと筆者

い先入観なくリストを聴いてもらえたわけである。

ヒーロン氏には私のみならず、多くの駆け出し音楽家がお世話になったので、彼が亡くなった時、その後活躍することになるピアニスト、グレゴリー・グルツマン、アルナン・ヴィーゼル、フランツ・フォアラーバーらに声をかけて、エナール夫人のサロンで追悼演奏会を行った。あのような温かい人柄の批評家は貴重で、ドイツでもそうしばしばお目にかかることはできない。

これとは反対に、非良心的というか、無責任な批評家なら実にたくさんいる。彼らは批評を書く際、実際に聴いて書くというより、聴く前からの、先入観に基づいた方針によって書く。キャンセルされた演奏会の批評が、あたかもちゃんと開かれたかのごとくに翌日の新聞に載っていた、という笑い話のようなことが実際にあったそうだが、私にも似たような経験がある。ある時、友人のヴァイオリニストに頼まれて、前半にヴァイオリンのソロとセザール・フランクのヴァイオリンソナタ、後半がラヴェルのピアノ組曲「鏡」とブラームスのホルントリオ、というプログラムの演奏会に出演し、私は後半の「鏡」とホルントリオを演奏した。前半のフランクのソナタは、同じヴァイオリニストが別のピアニストと演奏した。さて、後日の批評を見ると、フランクを「凡庸で退屈な演奏だった」、「鏡」を「意外にも素晴らしい演奏だった」と述べたのち、「演奏会の最後はA氏（フランクを弾いたピアニスト）とB嬢（ヴァイオリニスト）とC氏（ホルニスト）がブラームスのトリオを弾いてしめくくった」とはっきり書いてある。トリオを弾いたのは私だし、プログラムにもちゃんとそう書いてあるのに、この批評家は私がソリストでもう一人が室内楽、と思い込んで、トリオは聴かずに帰り、批評を書いたものと思われる。

前述の批評家は、それでも一応、主として自分で聴いて判断した内容を書いているからましな方である。もっと悪質なのは、最初からめちゃめちゃにけなしてやろう、という意図をもって新聞批評を書く輩だ。これが結構たくさんいる。その多くは、音楽家になりたくて勉強したのだが、演奏家になるには技量が足りないので、代わりに批評家になった、という人たちだ。彼らは音楽家になれなかったことが悔しくてならないので、その鬱憤を晴らすべく、音楽家をこてんぱんにやっつけてやろう、と身構えている。だから、彼らが演奏会場に来てする仕事は、もっぱら「あら探し」だ。あらのまったくない演奏なんてまずあり得ないのだから、それは実に簡単な作業だ。私が自分で聴いて感激した素晴らしいコンサートの批評が、そういうあら探しの集積であったために、腹を立てた経験は何度もある。新聞社に抗議の手紙を書いたことも、一度や二度ではない。

ある時、フランクフルトで非常勤講師をしていた知り合いのピアニストがそういう悪質批評家の餌食になった。私は演奏会そのものを聴いてはいないのだが、新聞批評を読んでびっくり。トリオの演奏会なのに、ヴァイオリンとチェロのことはそっちのけで、ひたすらピアニスト攻撃に終始している。「ピアニストの指は転び続けて云々、こんな下手なピアニストがフランクフルト音楽院の講師とは笑止千万である」

指が転んでいたかどうかはともかく、演奏会の批評に彼の仕事場まで持ち出して侮辱する必要はあるまい。この批評は音楽院でも問題になり、学長が新聞社に抗議した。聞いたところによると、この批評家の細君はピアニストで、酷評されたピアニストと同じ時に音楽院の講師に応募したが、彼の方が採用され、彼女は不採用だったのを根にもっている、ということだった。やれやれ、恐ろしいことがあるものだ。くわばら、くわばら。私なら、あんな批評を書かれたなら、それが不当だと分かっていても、打ちのめされ、首をくくりたくなるだろう。幸い、このピアニストは打たれ強い人らしく、数週間後にまだ生きていたのでほっとしたが。ともかく、批評家の恨みは買わないようにしないといけない。

批評家論はこのあたりにして、再び自分の音楽活動に戻る。

〈フロリダ演奏旅行、及びサルマン・ラシュディーの事件〉

バスマの提案で、ピアノトリオで室内楽コンクールに出ようじゃないか、ということになり、練習を始めた。彼女は明らかに、カーメルと私が賞をもらったことをうらやんでいて、自分も入賞者になりたかったらしい。しかし、練習は困難を極めた。まず、バスマのヴァイオリンは、音楽院の学生としては優秀だったが、あとの二人より技術的に弱く、彼女のせいで練習中に演奏が止まってしまうことがしょっちゅうあった。だが彼女はなにしろ名家出身、いわばお姫様なので、夫のカーメルは常に尻にしかれている状態。彼が彼女に反対意見を唱えることはあり得ない。私も人に注意するのは非常に苦手なので、畢竟彼女の言いたい放題。彼女が間違ったら、いつも私かカーメルのせいにされ、私たちもだんだん腹が立ってきてやる気がなくなる、というようなことの繰り返しになった。それに加え、例のルーズな時間感覚のため、二人でいつも約束時間より大きく遅れてきては、そのたびに遅れたことを小さな息子のせいにするので、私としては文句の言いようがなく、怒りを抑え込むしかなかった。そのため練習時間は短くなり、コンクールの日が近づいてきても十分に準備できていなかったので、結局出場はとりやめた。

しかし、苦労して練習したのはまったくの無駄にはならず、いくらかのレパートリーはできたから、それを持ってアメリカはフロリダに演奏旅行することになった。そちらにバスマの親戚が暮らしていたからだ。

ちょうどこのころドイツでは、サルマン・ラシュディーが『悪魔の詩』を書いたことによりイランで死刑の宣告を受け、刺客を恐れてロンドンで地下生活を始めた、という話題でもちきりだった。アメリカ行きの飛行機の中でそのニュースが流れていたから、私もその話題で二人に話しかけたら、彼らは表情をこわばらせて返事をしない。はっとした。イスラム教の人の考えは私たちとは違うのだ。この話題は避けなければ、と気がついた。

この出来事は三十年あまりも前のことであるが、これを書いて見直している二〇二二年の夏、長らく人目を避けて地下生活を続けてきたラシュディー氏が講演会に登場した際、刺客に襲われて重症を負った。一命はとりとめたらしいが、宗教的確執は宗教に寛容な日本人から見ると理解しがたい恐ろしさである。

この演奏旅行と直接の関係はないが、彼らに関する別のエピソードをついでに語っておこう。当時、エジプトでは「独裁的だ」と国内外で批判されていたムバラク氏が大統領を務めていた。つまり、ムバラク政権は支持者を失いつつあったのだが、カーメルは「ムバラクが失脚すれば、自分たちはエジプトへは帰れなくなる。それは必ず近いうちに起こるので、絶対にドイツで職を見つけなければならない。そうしないと自分たちは音楽家として生きていけない」と言っていた。努力は実って、バスマともどもフランクフルトの歌劇場オーケストラに入ったのだが、その後しばらくすると、実際に「中東の春」が起こり、ムバラクは失脚した。その後、紆余曲折を経て今日のシシ大統領による軍事政権に至っているが、文化・学問分野での荒廃は著しく、私が彼らと一緒に行った時代のエジプトはもう存在しないようである。

さて、話を戻そう。初めてのアメリカは、公共輸送機関の不全さゆえに、かなり不自由なものだった。日本大使館の助けもないし、あとの二人は親戚の家に泊まっているので、私は一人で行動しなければならなかった。しかしホールドアップで有名なアメリカでレンタカーを借りてどこかへ行こう、という勇気もない。やむなく練習と演奏会以外はほとんど泊めてもらっていた家に閉じこもりきりだった。一度だけ、家のおばさんの息子に頼んで、オルランドのブッシュ・ガーデンスに連れて行ってもらったが、スケールの大きな遊園地、というだけで、どうしても見る価値があるというほどのものではなかった。

この後しばらくして、前述のようにバスマとカーメルが両方ともフランクフルトオペラオーケストラの入団試験に合格した。すると、もともとあまり勤勉ではない彼らのこと、オーケストラでの任務をこなすのが精いっぱいになり、とてもトリオどころではなくなったので、トリオは自然消滅の憂き目を見た。

〈新たなトリオのメンバーと残念な結末〉

程なく、ヴァイオリンですでに音楽院を卒業し、マンハイムのオーケストラで弾いているミヒャエル（前述のフロイデマンとは別人）が、彼の友人でまだオーケストラに入れずぶらぶらしていたチェリストのマルティンと一緒にトリオを弾こう、と声をかけてきた。ちょうど相手はいないところだし、よく考えないで承諾した。この二人は、前のパートナーと違って極めて勤勉で、合わせの時にはいつも私より早く来て二人で練習していたし、また申し分なく性格のいい人たちだったから、最初は私も喜んでいた。ところがだんだんに、彼らは私の室内楽パートナーとしては技量の点で不十分であることが明らかになってきた。有名なボ・ザール・トリオのピアニスト、メナヘム・プレスラーの講習会を三人で受けにいったことがあるが、先生の私に対する態度と、あとの二人に対する態度が大きく違っていたことから、先生が「なぜ、こんな下手なやつらと一緒に弾いているのだろう」と思っているらしいことがありありと感じられた。

ある時、室内楽のホフマン教授がはっきり「あの二人と弾いていても、素晴らしいトリオになる見込みはない」と言われたことで私も決心し、彼らに、「これ以上続けられない」、と伝えた。もちろん、あなたたちは力量が足りないから、などとは言わず、今はソロに打ち込みたいから、という理由をつけたけれど、彼らは想像がついただろう。とてもいい人たちだったし、一緒に練習するのは楽しかったので、この別れは実のところつらかった。共有していた楽譜を、持ち主を決めて取り分ける際など、本当に悲しくて、涙が出そうだった。でも、このまま続けている限り、自分に見合った共演者を見つけることはできないし、仕方のないことだった。室内楽の一番の難しさは、全員が満足して長く一緒に弾ける技量の揃った仲間を見つけることだと分かってきた。

〈諮問委員会のメンバーになる〉

専攻科の学生になってしばらくしたころに、フォルクマン先生のもとで兄弟弟子であるウヴェが、「学部間諮問委員会の委員に立候補してくれないか」、と私を説得に来た。この委員会は学内の重要な問題を相談する組織で、教授代表、講師代表、及び学生代表から成り、選挙で三人の学生が選ばれることになっていた。先生は「あなたはいっぱい伴奏してみなによく知られているから、選ばれるだろう」と言われたが、私は学内オーケストラで弾いている人たちと違って、直接知っているのは小数の人だけだし、外国人だし、どうせ落ちるだろう、それなら別に立候補してもいい、と思って承諾した。ところがふたを開けたら、私は最高点で選ばれてしまい、学部間諮問委員会の委員を務めることになった。

この委員会では、学内で起こっている様々な問題について見聞することができた。たとえばこのような問題だ。あるピアノ科の学生が、卒業試験でいい点を取って専攻科に進むことに決まったが、後になって、彼が試験で演奏した曲目は、三年前に中間試験で弾いたのとまったく同じだということが分かった。試験ごとに違った曲を弾くのは慣習法であり、あたりまえのことと思われていたので、この卒業試験は無効だ、と学長が告げたところ、すぐさまこの学生は弁護士に相談した。弁護士からの「同じ曲を何度も勉強するのは極めて有意義なことで、云々」といった詭弁(きべん)を弄した手紙を前に、委員会ではみな頭を抱えた。調べによると、この学生は入試でも同じ曲を弾いていたのだ。つまり、学生時代の五年間、ほとんど新しい曲を弾かなかった、というわけだ。彼の先生は、もちろんそのことを知りながら眼をつぶっていたわけで、それには何か裏の理由があるらしい。この先生は離婚して以来お金に困っていて、この学生の親に助けてもらっているのだ、ということまで各委員の知るところとなった。しかし結局、明記された規則がない以上、裁判に持ち込まれたら勝ち目はない、ということから、この卒業試験は認めざるを得ないと決定された。この後は、「試験では、同じ曲を繰り返すことは原則的に許されない」と明記されることになった。演奏できる曲数の少ない管楽器などでは、同じ曲の繰り返しもやむを得ない場合があるので、「原則的に」というただし書きがついたのだ。

〈演奏家資格試験〉

一九八八年夏に演奏家資格試験を受けた。この試験は、点数はつけられず、受かるか、落ちるかだけであり、また、受けるところまでこぎつければ、ほとんど必ず受かるものだった。試験では、フォルクマン先生の伴奏によりベートーヴェンの「皇帝」とラヴェルの「左手の協奏曲」を続けて弾き、二週間後にベートーヴェンの作品111のソナタ、ブラームスのパガニーニの主題による変奏曲、ヒンデミット、スクリャビンなどによるソロのプログラムを、フランクフルトでは有名な演奏会場であるアルテ・オーパーで弾いた。

この最終試験が終わった後、私はフランクフルト高等音楽院ピアノ科の非常勤講師になった。

22. フランクフルト音楽院の講師になって

〈フランクフルト音楽院、当時の様子〉

音楽院の講師になって初めて教えた学生は、全員ドイツ人でほとんどが声楽科。フルートなどオーケストラ楽器の学生も少々いたが、すべて副科で、ピアノを専攻している学生はいなかった。新米教師だから当然ではある。しかし、みなさん個性豊かで面白かった。この中の一人、モニカは歌手としてかなり成功し、今日に至るまでオラトリオ歌手として活躍している。

当時フランクフルト音楽院には、日本人のピアノ留学生が多くいたので、昼食時など、学生食堂に集まってわいわいと日本語で話し合い、日本の音大の話題など、私が知らない世界について情報を仕入れることができた。たとえば、ピアノ科を卒業後に大学院に入りたいと思えば、男子が優先なので女子にとっては狭き門だ。そのような男女差別はごく普通のこととして通用している。某大学のピアノ科など、女子が五百人もいるのに男子は数えるほどだから、無理からぬところもある、とみな思っている。私としては、女の先生がいてどこが悪い、と思うけれども、そこは日本のこと、職場は男優先なので、その準備を入試の段階からやっているらしい。

このころの留学生の一人、京都芸大出身のエミコさんは、何人かお目当てのドイツ人男性がいたが、あきれるほど臆病だったため実らず、数年後に日本に帰国した。帰った先は親元の石川県某市。彼女が帰国してほどなく、金沢で国際音楽コンクールがあった。フランクフルトで伴奏したことのあるドイツ人のオーボエ学生（男子）が応募し、エミコさんに伴奏してもらおうと思った。彼にとっては都合がいいし、彼女にとっても今まで勉強したことを生かせる絶好のチャンスで、大変結構な話である。

ところが！「そんなドイツ人が来たら、ドイツから追いかけてきたと世間の人に思われる」と親が反対し、この話はつぶれ、オーボエ学生はコンクールの付属伴奏者に伴奏してもらうしかなかったのだそうだ。これはさすがに、日本としても珍しい話だったのか、ドイツに残っていた日本人の間で有名になり、「石川県というのは変なところだ、驚くほど保守的だ」と話していた。エミコさんはそれから十年ほどたっても、相変わらず親元で暮らしていたそうである。

〈六年ぶりの日本、昭和最後の日〉

一九八八年末、私は一応音楽家としての仕事を始めて、学生に逆戻りしていたころの「気恥ずかしさ」が薄れたこともあり、アダムと一緒に久しぶりに日本へ帰ることにした。アダムにとっては初めての日本だ。一九八九年のお正月を日本で過ごし、母はもちろん、大阪市に住む伯父（父の兄、前述）夫婦や京都にいる祖母らと対面する機会でもあり、また彼の希望する「田舎」を見るために、四国の道後温泉へ行ったりもした。確かその道後温泉から大阪へ戻る途中だったと思うが、あちこちで日本の国旗が半旗になって掲げられているのに気づいた。「誰かが死んだのだ。そうだとすればきっと天皇陛下だ」と言い合って新聞の号外を手に入れ、昭和天皇が崩御されたことを知った。戦前、戦中から戦後にわたり六十年あまりも続いた昭和時代はこれで終わった。この日本史上大変重要な出来事を、私は六年ぶりの日本で体験したわけだ。アダムは歴史学民俗学の学者だから、天皇の死の際には各地でいろんな弔いの行事が行われるもの、と予想していたらしいが、半旗以外には何も特別起こらなかったので拍子抜けしたようだった。

〈東西ドイツ統一とその後〉

一九八〇年代後半、ソ連の共産党書記長だったゴルバチョフが行った改革を契機として、ソ連の支配下にあった東ヨーロッパ諸国で続々と自由化運動が起こった。その一連の動きの中、一九八九年には東ドイツのライプチヒなど多くの都市で自由を求める大規模なデモが毎週のように開催された。そして、比較的通過しやすかったハンガリーなどを経由して、人々が自由に西ドイツへ行き始めた。

そしてついにはベルリンの壁が崩され、一九九〇年に東西ドイツが統一する。もっとも私の場合、テレビが自宅になく、また新聞もとっていなかったため、ドイツで暮らしているのに、恥ずかしながらあまり当時の状況を詳しく追ってはいなかった。まわりにいるドイツ人たちが、我先にとベルリンの穴の開いた壁を見に行ったのとは大違いである。

しかしこの政治的変化は、私の日常にも影響を及ぼした。

まず東西ドイツが統一した直後、ライプチヒで一回目の統一ドイツ眼科学会があった際に、学会の付属プログラムでソロ演奏会をする機会を得た。そのために、フランクフルトの眼科医で作曲を趣味にしていたボッケルマン氏の車に乗せてもらって、通じたばかりの東西ドイツを結ぶアウトバーンを走った。彼の曲も演奏することになっていたのだ。開通したばかりの道はアウトバーンとは名ばかり、周辺は草ぼうぼうで照明も不十分、いったいどこを走っているのやら、おっかなびっくりであったが、それでも最終的にはライプチヒに着いた。バッハ、メンデルスゾーン、シューマンなど数多くの大作曲家が暮らした、

第一回統一ドイツ眼科学会にて。ライプチヒ大学医学部ロマッチュ教授と

音楽史上非常に有名な街だから興味津々だった。

ボッケルマン氏が以前より東ドイツの人々とコンタクトを保っていたおかげで、ライプチヒ大学の眼科で働いている人たちと知り合いになり、演奏会の翌日には女医のケーテが街を案内してくれた。ローベルト・シューマンがその昔入り浸っていた喫茶店、カフェーバウムはシューマン時代ほぼそのままに保たれていて、シューマンの座っていた席に座れるなど、大変感慨深かった。

しかし一方で、いったん裏道に入ると、あっと驚く寂れぶり。もともとは豪華だったに違いない多くの建物が半世紀の間、何もされずに放っておかれていたらしい。全体が灰色、バルコニーには木が鬱蒼と茂ってお化けの出てきそうな雰囲気だった。演奏会自体は、市の中心地にある「旧ベルゼ」という美しいホールで開催され、盛会だった。

次に、同じ年、やはりもとの東西国境を越えて演奏した別の話を紹介したい。

フランクフルト音楽院で専攻科の学生だったころに、ある企業の合唱団を指揮しているブッセ氏とお知り合いになり、その後は毎年のように合唱団の定演の際にモーツァルトのピアノ協奏曲を彼の指揮のもとで演奏した。協奏曲は全部で二十七曲もあるのだから、選り取り見取りである。オーケストラは音楽院の学生やフリーの音楽家を寄せ集めた、一応はプロの集団だが、指揮はなんとも下手くそで、いない方がいいくらいだ。それでもなにぶん、とても人のいいおじいさんなので、みんな我慢していた。

彼はゲッティンゲンに近く、もとの東西ドイツ国境のすぐ東側にあるブレーメという田舎町の出身、若い時に西側に亡命した人で、冷戦中には生まれ育った故郷を訪ねることがほとんどできなかった。そこは、距離的にはさほど遠くないにもかかわらず、実際上は限りなく遠い場所であったのだ。それゆえ、ベルリンの壁に穴が開くや否や、故郷に錦を飾るべく、懐かしいその町の古い大きな教会で、自分の合唱団の演奏会をすることを思いついた。

ブレーメの教会でモーツァルトピアノ協奏曲を演奏

ついては、大好きなモーツァルトの協奏曲もやりたいが、その村にはどうやらピアノというものがないらしい。いや、あったかもしれないが、電話も完備されていない旧東ドイツのこと、連絡がつきにくいので、あるかどうかは分からなかった。そこで、電気ピアノ持参により、大型バスを借りて演奏旅行をすることになった。本物のピアノを持参するほどの予算はなかったからだ。

教会は素晴らしいバロックの教会で、東ドイツの建物の多くが荒れ果てた状態で放置されていたことを考えれば、かなりよく保存されていたと記憶している。しかしピアノ協奏曲を電気ピアノで弾くのは、やはり妙なものだった。まず、鍵盤のタッチが軽すぎてプカプカと頼りない。そしてまた、ペダルはすぐに逃げてしまってどこにあるのか分からなくなる。さらには、ピアノの音が自分の弾いている楽器とはまったく違ったところから聞こえてくる。こんなことも、キーボードに慣れていない私には変に感じられる。それになんといっても馴染みのない、奇妙な音だ。電気音はいくら改善したところで、やはり電気音、本物の木から出る音ではない。しかしまあ、モーツァルトの時代のピアノも、現代のわれわれのピアノとはまるで違っていたのだし、電気ピアノの音にモーツァルトが異議をさしはさむこともあるまい。そう割り切って考えることにし、気持ち良くとはいかないけれども、無難に演奏した。

そして、我が指揮者は故郷での記念すべきイヴェントで大喝采をあびることができ、幸福の絶頂であった。お付き合いしたわれわれもやりがいがあったというものだ。

〈東プロシア旅行〉

アダムの母親、アンネリーは東プロシアの出身で、そこは広い畑に農家がぽつぽつと点在している場所だった。東プロシアは過去四百年間にわたり、ドイツの離れ小島だった所だ。第二次世界大戦でドイツが敗戦したことにより、そこの住民の大部分が難民となって西へと逃れ、ロシアとポーランドに分割された。東プロシアの首都だったケーニッヒスベルクは「王様の山」という名の通りに美しく栄えた街で、哲学者のカントは一生、一度もその街から出なかったそうだ。だが、大戦後はソビエト連邦領となり、名前もカリーニングラードと変更され、その近辺は軍事的要地として一般の旅行者の近寄れない場所だった。

前述のように一九八九年にソ連でゴルバチョフが政権を握って「グラズノスチ」といわれる情報公開、また「ペレストロイカ」といわれる一連の改革を行ったことから歴史が地すべり的に回転して冷戦が終結、ソ連の傘下だった多くの国は独立し、東西ドイツ統一も可能になったわけだ。ついては、アンネリーはそれまで訪問できなかった彼女の故郷、現在はロシアになっているその場所に行ってみようと考えた。当時、東プロシア出身のドイツ人を主対象とした観光ツアーができていたのである。そこで、アダムと私も便乗してそのツアーに参加し、一九九二年と一九九三年の二回にわたり、それぞれ一週間、東プロシアへ行ってみた。

どちらの旅行も飛行機でドイツからロシアのカリーニングラード空港まで飛び、そこからはバスでラウシェンという別荘地（ソ連時代は党のお偉いさんたちのためのものだったそうだ）まで行き、そこで宿泊する。翌日からはバスで中心地のケーニッヒスベルク（現在のカリーニングラード）など、いろんなところに連れて行ってもらえるが、自由にタクシーを雇って行動することもできる。タクシーは一万円も出せば一日中貸し切りにすることができて大変便利であり、どうしても訪ねたいところがある場合にはこれに限る。私たちはタクシーでアンネリーが生まれ育った家の跡や、彼女の母親が育った家の跡などを訪ねた。驚いたことには、彼女がそこに住んでいた時からすでに五十年あまりたっているにもかかわらず、壁の残骸などが多く残っていて、家の跡ははっきりしていた。特に母親の家は屋根以外、ほぼ全体が元の形で保たれていた。しかし興味深いことには、二度目の旅行で同じ場所を訪ねると、たった一年の間に石や材木が明らかに減っていた。人々が自分の建築材料として盗んでいくらしかった。

自由に田舎をタクシーで走り回っていると、ロシア人の生活ぶりを生で見聞きすることができる。道端に昼間から酒（ウオッカらしい）を飲んでいる男女の集団がたむろしていて、べろんべろんに酔った若い女性が私たちに手を振って話しかけてくるなど、今まで経験したことのない情景にしばしば出くわした。バリバリ仕事をしていそうな、羽振りのよさそうな人間にはほとんど出会わないし、全体の印象はかなり暗かった。その中で感激したのは、非常に美しい広大なひまわり畑。昔見た映画のシーンを思い出した。

元東プロシアの首都、ケーニッヒスベルクへはバスで行ったが、空襲で破壊されたのち、ソ連時代に建てられたコンクリートの塊のような建造物がはばかっていて、かなり見苦しい街だった。ツアーのガイド嬢が「このコンクリートのモンスターを見てください！　これは重すぎるので年々地盤が沈下しているのです。これがソ連のやったことです」と散々に文句を言っていた。だから昔の姿を知る年配のドイツ人の間では、「あそこは行かないほうがいい、ショックを受ける」という会話がよくされていた。

二度目の旅行の際には、アンネリーが熱心にロシア語を勉強していたおかげで、彼女の昔の家に住んでいたことがあるという、ロシア人家族の家に一晩泊めてもらうことになった。見ず知らずの私たちを即座に自宅で歓迎してくれるとは、なんと気さくで親切な人たちであろうか。一緒にキノコ狩りをしたり、庭に建てたサウナに入ったり、また夕食時にはウオッカを飲んだりと、ロシア人の暮らしを味わって楽しんだ。

しかし、この後、困ったことがあった。寝る前にトイレに行こうと思ったら、家の中にはトイレがない！　トイレのない家など想像したこともなかったので、早めに用を足していなかったのだ。何家族も住んでいるその大きな家には重い木戸があり、それを先ほど男性たちが協力して閉めているのを見たばかり。もう外へは出られないのだ。そういうわけで朝まで我慢して待つ羽目に陥った。日が明けてようやく木戸が開かれ、庭に建てられたトイレ小屋に駆け込むことができて、やれやれであった。

23. フランクフルトからライプチヒへ

〈ライプチヒで仕事を始める〉

フランクフルト音楽院で受け持った最初の学生たちが試験を受ける段階になった一九九三年、夫のアダムがライプチヒで教授職を得た。私はその翌年、ライプチヒ音楽院での講師に応募し合格したので、最初はフランクフルトとの掛け持ちをした。というのも、元東ドイツのライプチヒでは講師の時給が非常に安かったし、フランクフルトでのコンタクトは演奏家としてやっていく上で大変役立っていたからだ。しかし片道五時間もかかる二カ所を行ったり来たりして十分働くのは、楽ではない。そのうえ、アダムとの摩擦が生じ、やりづらくなってきた。私が留守にする日が多いのが不満だったのだ。そのため、一年後にはフランクフルトをギブアップし、ライプチヒに専念することになった。こういう場合、ドイツ人だったら夫を捨てても有利な職場を選ぶところであり、そういう例をあまた見ているから、私はいまだにあの選択が正しかったという確信はないが、人生とはそういうものなのかもしれない。

アダムは当初ライプチヒ市内のエステライヒさんの家の一室を間借りし、私もライプチヒに行くようになるとそこに泊まった。

アルフレッド・エステライヒ氏は七十代なかば、東ドイツ時代には公務員で市役所務めだったそうだが、ウイットに富んだ最高に面白い人で、いろいろ昔の話をして笑わせてくれた。たとえば、ある時彼は、役所に出勤した際、市場でバナナを売っている、と誰かにささやいた。これはデマだったのだが、またたく間に市役所が空っぽになってしまった。バナナは東ドイツでは極めて貴重品で、滅多に食べられなかったから、みんなバナナを買いに出かけたのだ！

また若い時分には砲丸投げの選手でいろんな国際試合にも出場したスポーツマンだった。東ドイツといえば昔の東京オリンピックの思い出があるが、スポーツは非常に強かった。ただ、ドーピングが盛んだったせいだろうか、体のあちこち故障だらけだ、とよくこぼしておられた。

奥さんは元ドイツの一部だった東プロシア（前述）の出身で、彼らは戦時中、現在ポーランドにあたる東プロシアで知り合ったが、終戦時には離れ離れで、しばらくお互いに消息がわからなかった。東プロシアに住んでいたドイツ人はほぼ全員が難民として西の方へ逃れ、行く先はばらばらだったのだ。ライプチヒ出身の彼は自宅に帰って彼女を待っていた。五体満足で戦争から戻った若い男性は少なかったから、彼には結婚希望者が多数つめかけたが、「自分には約束した人がある。彼女が生きているか死んでいるか定かでない間、自分は結婚できない。はっきりするまで待ってください」と断り続けた。やがて、彼女が彼から渡されていた住所を頼りにライプチヒへとたどり着いて、めでたく再会することができた、というロマンチックな物語の主人公でもあった。

この家に住まわせてもらいながら、家探しをした。一九九四年十一月末、それまで経験したこともない大雪の中をレンタカーであちこち巡り、最終的にライプチヒの東側にある町、ボイシャに手ごろな物件を見つけ、購入することになった。

〈阪神・淡路大震災〉

一九九五年一月十七日、フランクフルトとライプチヒを往復していた時のこと、朝フランクフルト音楽院に着いたら日本人が大騒ぎしている。神戸で大地震が起こった、ということなのだ。びっくり仰天して、すぐさま大阪の母に電話をかけた。幸いすんなりとつながって最初に聞いた言葉が「うちは大丈夫よ」だったので、胸をなでおろした。その日中に阪神・淡路大震災のニュースは世界中に広まった。

この二日後に、私は関西空港に到着した。京都国際会議場で開かれる眼科学会の際に演奏する予定になっていたからだ。当時、そう頻繁に日本に帰国していたわけではない。一年か二年に一度にすぎなかったのに、ちょうどそのタイミングになったのだ。関西空港は余震で時折ぐらぐらと揺れていたし、あちこちにひびが入っていたが、それでもほぼ時間通りに到着し、母の住む堺市へは空港リムジンバスで問題なく行けた。数日後、京都の国際会議場で演奏したが、学会は予想通りに欠席者が多く、どちらかといえば物寂しい会であった。ある有名な眼科医が「先生、無事であられましたか」と声を掛けられ、「はい、でも姉が亡くなりました」と返事しておられるのを耳にした。

演奏会の数日後、それまで止まっていた阪急電車が西宮まで開通した、というニュースを聞き、西宮まで行ってみた。駅から歩いて見た惨状は、とても口で表現できるものではなかった。高速道路が倒れ、コンクリートの柱から折れた鉄筋がむき出しになっている。町の一角では全部の家で一階が押しつぶされて、二階が一階になってしまっている。道行く人はほぼ全員被災者なので、彼らの心情を傷つけないよう、「火事場見物に来ただけの人」と思われないよう、言動には気をつかった。ある若い女性は「そうやねえ、みんなバラバラになってしもて」と言い、連れていた赤ん坊を指して「この子のおかげで私たちは命が助かったのです。落ちてきた壁がベビーベッドにあたって、そこで止まってくれたから。家はまったく住める状態ではないので、今は車で寝泊まりしています」とのことだった。

〈ボイシャへ引っ越し、ホームコンサートの始まり〉

一九九四年十一月に見つけたライプチヒ近郊の町ボイシャの家に、一九九五年の春、フランクフルトから引っ越した。それまで大都市フランクフルトでは車なしでも生活に困ることがあまりなかったし、またアダムが大変な車嫌いだったせいで自動車を持っていなかった。ところがここ元東ドイツの田舎町暮らしになると、一応電車は通っているものの、一時間に一本しかなくて、それも時間通りに来る方がまれ、という状態なのでなんとも不便である。そこで、反対するに決まっているアダムには相談せず、勝手に車を買って車庫の前に置いておいた。当時まだ家のもとの持ち主のものがいくらか家に残されていたので、アダムは車も彼らのものだと思い、「あれ、ヒルデブラントさんが車を置いている」と言っていたが、適当に相槌を打っていた。翌日、またその車を見て「今日も車を置いている」と不満気に言うので、「あれは、ヒルデブラントさんの車じゃなくて、私の車よ」とはっきり言ったら、「えっ」と驚きながらも文句は言わなかった。実のところは自分でも車の必要性を感じていたのであろう。

以後、私は車で、彼は電車とロラーでライプチヒの職場へ通った。ちなみに、このころロラーに乗っている大人は多くなかったので、アダムのロラーは巷で結構話題になっていた。彼は運転免許証を持ってはいたのだが、取得して以来一度も運転したことがなく、運転してみる勇気がなくてペーパードライバーを貫いていたのだ。

車があるようになってから、一度イギリスのアダムの実家に車で行き、数年前に亡くなった父親の残した遺産であるウェールズの農作業道具を、ボイシャの家に運んだ。なぜ、そのようなものがあったのか、というと、父のトリスタンは元イギリスの新聞、インディペンデント誌の編集長だったのだが、自宅の庭に建てた小屋を彼個人の博物館にして、いろいろなものを収集して展示していた。その展示物のうちでアダムが手に入れた農作業用具はほとんどが大きすぎて、それまでドイツに持ってくることができなかったのだが、車がある生活になってやっと可能になったわけだ。この時、イギリスのドーバーだったかフランスのカレーだったかは忘れたが、どこかの港で監視員に呼び止められ、運んでいる大きな器具類を特別に検査され、なぜそのような物を運んでいるのか、と厳しく詰問される羽目に陥った。テロリストと疑われたのかもしれない。この農作業器具はボイシャの家の庭の物置小屋に保管されたが、ずっとのちになって日の目を見ることになる。

さて、入居したばかりのボイシャの家で、ライプチヒのピアノの老舗であるブリュートナーのセミコンサート・グランドを購入して居間に置いてみると、フランクフルトのエナール夫人サロンのごとく、ホームコンサートができそうな感じになった。地元で有名なアヴァンギャルドの音楽家、エルヴィン・スタッヒェがボイシャに住んでいることを、購読し始めたライプチヒ新聞（ライプチガーフォルクスツァイトゥング）によって知ったので、彼の家を訪ね、「一緒にホームコンサートをしませんか」と持ち掛けた。よそ者の私が一人でそんなことを始めるのは得策ではない、地元の人を巻き込まねば、と考えての行動だった。案の定、彼は喜んで賛成してくれた。

そこでさっそく企画を始めた。最初のころは出演者を見つけるのが難しかったが、プロもアマチュアも、大人も子供も出られる演奏会、という方針だったので、徐々に楽器をやっている子供とその家族が集まるようになり、このホームコンサートは定着し始めた。そうして定期的に集まるようになると、音楽以外でも友人付き合いが始まり、小学校のグラウンドに集まってサッカーをしたことも何度かある。このようにして知り合いになった何人かは、その後もずっと長く付き合えるかけがえのない友達になった。わけてもアンケ・スピールフォーゲル、夫のイェンス、そしてこのころまだ小さい子供だった息子のティムは、私とアダムの後の生活になくてはならない存在となる。

〈ライプチヒ音楽院とワイマール音楽院〉

阪神大震災ののちしばらくして、前述のようにフランクフルトで教えることをやめ、ライチヒ音楽院に専念することになった。フランクフルトではピアノの先生だったのだが、ライプチヒではコレペティシオン科に属し、伴奏と室内楽を担当することになった。そちらの職にありついたから、という単純な理由によるが、これは初見演奏の得意な私にとっては、授業の準備に時間がかからなくて楽である、という大いなる利点があった（他の同僚たちは、私の知るかぎり毎回の授業の準備に大変苦労していた）。

私はヴァイオリンとチェロの学生を受け持つ（コレペティシオンの場合は「教える」というより「受け持つ」という表現がふさわしく感じられる）ことになった。仕事内容はデユオの室内楽、もしくはオーケストラ・パートを学生と一緒に演奏する、というものだから、弾くことが大好きな私にとってはこの上ないほど楽しい仕事である。そのかわり、残念なことにはソリストとして出演する機会は、明らかにフランクフルト時代に比べ減少した。

ライプチヒで最初に受け持った学生のうちの二人、ヴァイオリンのコルネリアとチェロのハンス・ゲオルグは恋人同士で、どちらもかなり優秀な学生だった。彼らは卒業試験を控えていたが、プログラムはすでにほぼでき上がっていて、毎週会って練習を重ねないといけない状態ではなかった。そこで、コルネリアの提案でコレペティシオンの時間にピアノトリオを練習することになった。

彼女はライプチヒ音楽院を卒業後、ワイマール音楽院の専攻科に入ることになった。彼女がつきたいと思っているヴァイオリンの教授がそこにいたからだ。ゲーテ、シラーそしてリストゆかりの地として有名なワイマールは、ライプチヒから特急列車で一時間あまりのところにある、大変文化的な雰囲気の都市である。コルネリアは私に、ワイマールで教えている世界的に有名なアマデウス弦楽四重奏団の第一ヴァイオリニスト、ノーベルト・ブライニンの授業をピアノトリオで受けないか、と持ちかけてきた。それは私にとっても大変魅力的な話で、ぜひ受けてみたいが、すでにライプチヒ音楽院で講師であり歳も決して若くない私にそんなことが可能か、と半信半疑で室内楽コースの入試をハンス・ゲオルグと三人で受けた。するとなんと満点で合格し、その後二年間にわたってしばしばワイマール音楽院へ通い、正規の学生として室内楽の授業を受けた。

ワイマール音楽院は卒業生に対する面倒見がよく、私は入試以外にはなんの試験も受けなかったにもかかわらずOBとして登録されているようで、今日に至るまで毎年、同窓会の案内がくる。もっと付き合いの長い、フランクフルトやライプチヒからはなんの連絡もないのと対照的である。

〈大指揮者の意外な側面〉

ドイツで音楽をやっていると、いいことばかりではないけれども、楽しいこともある。その一つは、雲の上の存在のような世界的名手の素顔に触れる機会がままあることだ。前述のノーベルト・ブライニンもそうであるが、ここでは、大指揮者クルト・マズーアの話を紹介する。

マズーアは、ライプチヒ・ゲヴァントハウス・オーケストラの主任指揮者として、当時の東ドイツの人たちの間で大変に親しまれていた。そして東西ドイツ再統一の際、無血革命が成功した陰で彼の果たした役割は非常に大きい。ここでそのことについて詳しく述べるつもりはないが、そういうわけで統一の後も、彼はドイツで最も尊敬されている人物の一人として崇められていた。彼の指揮者としての技量を疑う人もあり、統一後間もなくの日本演奏旅行の際には評判があまり良くなかったそうである。しかしこれは、統一直前に東西の行き来がやや容易になった際、どん底に陥った東ドイツの経済状態とそれに伴う不自由な生活に見切りをつけて、優秀な音楽家が多く西側へ逃げてしまったため、当時オーケストラ団員の技術的水準が著しく低下していた、という事実を考慮する必要がある。

私が聴いた演奏会では、ブラームスのピアノ協奏曲二番の出だしのホルンソロでホルンがとちっていたが、あれなど、指揮者のせいにするのは不当であろう。指揮者だけがいくら頑張っても、団員がそれに応える技量を備えていなければ、いい演奏ができるはずがない。

オーケストラの名誉のために付け加えれば、統一後しばらくしてから団員は全員新たに審査を受け、現在は文句なしに一流のオーケストラになっている。

さて、私がこれから書くのは、この国民的英雄のあまり英雄的ではない側面だ。

ドイツのオーケストラは、しばしば音楽院の学生をトラ（臨時雇いの団員）に使う。学生にとっては、トラとして働くのは小遣い稼ぎだけではなく、将来オーケストラに正式に雇ってもらうために役に立つ履歴にもなるので、オーケストラ楽器をやっている学生はみなトラになりたい。そのため定期的に学生用のトラ採用試験がある。

ある時、ゲヴァントハウスのトラ試験に私が受け持っているヴァイオリンの学生が応募した。この学生はかなりの劣等生だったので、一流オーケストラのトラになどなれる訳がないのは誰の眼にも明らかだった。しかし応募は本人の自由なので、ヴァイオリンの先生を始め、誰も止めようとはしなかった。すると案の定、結構な悲劇が待っていた。

オーケストラ・コンサート用のゲヴァントハウスの大ホールで、彼は私の伴奏でメンデルスゾーンのヴァイオリン協奏曲の一楽章を演奏し始めた。演奏が中断され（そのこと自体はそういう試験なら普通のことだ）、驚いたことにはマズーア本人が舞台に近づいて来て、学生に聞いた。「君は（音楽院の）入試を受けましたか?」。学生が「はい、受けました」と答えると、「合格しましたか?」、これにも「はい」。すると、「そりゃ驚き桃の木山椒の木だ!」と言うではないか（もちろんこれは意訳で、本当に言った言葉は「Donnerwetter, 雷だ!」（ひどく驚いた場合に使う俗語）。私は耳を疑った。そこまで言わなくてもいいじゃない! 普通に「御苦労さまでした、サヨナラ」と言っておけば済むことなのに、天下の大指揮者にそんなに罵倒、嘲笑されては、私だったら生きていられない、と思った。

この学生はいったい何を言われているのかすぐには分からなかったらしく、ポカンとしていたが、後で聞いた話では、彼はその後ヴァイオリンを諦めて修道士になったそうである。仏教でいうなら、世を儚（はかな）んで出家した、というわけだ。これが悲劇でなくてなんであろう。まあ、音楽の道の厳しさを考えれば、最終的にはその方が彼にとって良かったかもしれないが。

この出来事は私にとってもかなりショックで、マズーアは一般的に尊敬されていて大人物には違いないだろうけれど、好きになれない人だ、という印象を持ってしまった。

あの日、彼はよほど虫の居所が悪かったのだろうか。

24. アルカイダによるテロ事件とその後

〈二〇〇一年九月十一日、モスクワでの経験〉

ボイシャに住み始めて約六年後の二〇〇一年九月十一日、アメリカでイスラム過激派集団アルカイダによる大規模な同時テロが発生した。この時、私はアダムと一緒にモスクワにいた。ボリショイ劇場でプロコフィエフのオペラ「賭博者たち」を観た後、泊めてもらっていた知人の英語教師イリーナのアパートに夜中に帰ったところ、彼女の二十歳くらいの娘が白黒テレビを見ながら「ペンタゴンもやられた」とつぶやいた。なんのことかと画面を見れば、飛行機が高層ビルにぶち当たる様子が、延々と繰り返し映し出される。そればかりやっている。最初は映画のトリック場面なのだろうと思ったが、だんだんに本当に起こったことなのだと分かり、驚愕して背筋が寒くなった。そしてその後は寝ることも忘れて、長くテレビにかじりついていた。

モスクワには当時、大変貧しい暮らしをしながらも、高い教養と誇りを持ち続けている老婦人たちがいて、イリーナと親しくしていた。この出来事について彼女らの意見を聞くのは興味深かった。彼女らは「ビン・ラディンの仕業だ」と即座に言い、また「アメリカは日本に原爆を落とした。今こういうことが起こるのは、その報いである」とも言っていた。「世界の諸悪の根源はアメリカ」というイメージは、ロシアにおいて当時から浸透していたようだ。

さらに述べれば、通常のロシア人は、かなり教養のある人でも彼女らのように貧しくて狭苦しいアパートに住み、部屋の中は努力してなるたけ美しく清潔に保っているものの、共通部分のエレベーターや階段が、目をそむけたくなるほど汚らしいことが多かった。

ドイツ系のロシア人は特別扱いでドイツに移住しやすくなっており、ロシアの音楽家にはその制度を利用して、暮らしやすいドイツに移ってきた人が多くいる。我が家に来てもらっているピアノ調律師もドイツ系のロシア人ピアニストで、生活のためブリュートナー社で調律師の訓練を受けた人だ。

彼からロシアについてはいろいろ教えてもらえた。特に、交通がいかにめちゃくちゃか、車に轢かれれば、轢かれた方が怒鳴られるなど、何度も聞いていたので、モスクワに行った時にある程度の予備知識はあった。にもかかわらず、交通規則など誰も守らない、アウトバーンでは右側通行のはずが場合によれば左側通行し、渋滞が始まるや、多くの車が右端のごく狭い路肩を走り始め、少しでも早く行こうと競争する、という無法状態にはびっくり仰天した。もちろん自分で運転したわけではなく、イリーナの娘の車に乗せてもらっただけであるが、乗っている間中、肝を冷やしていた。ちなみに、彼女自身もそういった走り方を平気でやっていて、「自分の車は右ハンドル（日本式）なので、追い越しに便利だ」という。つまり路肩を使って右側から追い越す場合に、路肩の様子、混雑状態を見通すのに便利、というわけだ。あれでは事故が起こらない方が不思議だが、ロシアにいる間に事故を目撃したのはただ一度、それも小さい衝突事故だけだから、あの無法状態でも慣れればなんとかなるものらしい。

〈ドイツの洪水、とりわけグリンマの被害について〉

二〇〇二年八月、アダムとアダムの母親のアンネリーと三人で、彼女の故郷であった東プロシアのポーランド側（東プロシアについては前述）まで車で行き、総計七日間の旅を楽しんだ。ポーランドは以前東ブロックであったが、この二年後の二〇〇四年にはヨーロッパ連合に加入することになる西寄りの国で、同じ元東プロシアでもロシア側に比べると生活状態が健全な感じがし、飲んだくれにも出会わない。ヒットラーの隠れ家だったヴォルフスシャンツェを訪ねるなど、大変面白かったこの旅行について、ここでこれ以上述べる余裕はないが、そこからの帰路で遭遇したことから記述を始めたい。

ポーランドの東端、ロシアとの国境に接する、戦前東プロシアだった地域から、ポーランドを横断して西端に近いヴロスラフ（ドイツ名はブレスラウ）からアウトバーンに入り、国境を通過してドイツに入った。そのころから雨が降り始め、雨足はどんどん強くなり、ついには雨が強すぎて視界が悪くまともに走れなくなった。まわりにいる全部の車がそうであるから、超渋滞ののろのろ運転になり、当然ながらアウトバーンから出ようと考えた。ところがすべての出口が遮断されていて、出られない。仕方なくそのままアウトバーン上で車の行列の中を進んだり止まったりしながら超低速度で動いていたら、眼下に大都市ドレスデンが見えた。なんと、水没しているではないか！

そこでようやく、これはただごとではない、と気づき、車のラジオを聞いて、ドイツ東部に大洪水があったことを知った。言葉の通じないポーランドではニュースを聞いていなかったので、知らなかったのだ。

家にたどりついてしばらくすると、北ドイツに住む知り合いから電話があり、「グリンマがひどくやられているそうだが、お宅は大丈夫ですか？」と聞かれた。「今旅行から帰ってきたばかりでよく事情がわからない、ともかく我が家については何も被害はありません」としか返事できなかった。グリンマは、ボイシャの属するムルデンタール地域の中心地であるから、そこがドイツ中で有名になるほどの被害を受けたのなら、知り合いが心配してくれるのも不思議はない。

その後、徐々に様子が明らかになってくると、ドイツ東部のザクセン州ではムルデ河をはじめ多くの河川で水位が急上昇し、河や川の近くにある町や村が二メートル以上水に浸かってしまって莫大な被害が生じていることが分かった。グリンマは大変美しい街なのだが、その中心地全体がまわりより低い平地にあるため、ムルデ河の氾濫にすっぽり飲み込まれてしまったのだ。津波ではないので人が上の階などに逃れる時間はあったらしく、死者や怪我人はあまり出なかったようだが、私がアルバイトしていたグリンマの音楽教室でも一階は踏み込めない状態に。安全地帯に避難させられなかった新品のグランドピアノは全壊した。また、帰宅途中に車から見えたドレスデンの有名なオペラハウス、センパーオーパーでは、建物の一階や地下にあった貴重な楽器や楽譜が総じて使用不能になったということだ。

この洪水は当時「千年に一度の洪水」と呼ばれ、グリンマでは多くの人が復興を目指し全力で頑張ったのだが、かなり回復してきた十一年後、またもや同程度に近い水害に見舞われた。以後は「千年に一度の……」などとは誰も言わなくなった。二度目の洪水で懲りたのか、市の当局はあわてて頑丈な堤防を築いたが、このように頻繁に洪水が起こるとなると、なかなかに住民は安心できない。希望をなくし街を見捨てる人も出てきて、悲しいかな、現在もぽつんぽつんと空き家になっている。地球温暖化の影響だろうか。

25．ポーレンツに廃墟化した三面農家を見つける

〈ポーレンツ村について〉

アダムの生まれ育った場所は、イギリスの南東部、カンタベリー近郊の田舎村である。そして彼が敬愛してやまなかった母親のアンネリーは東プロシアの農場の出身だ。そのせいか彼は非常な田舎愛好者、農家愛好者だ。「いつの日かは農家に住みたい」と思っていたらしい。この点、大阪の下町育ちで都会人間の私とは大違いだ。だから、せっかく買って住んでいるボイシャの家も、彼は一〇〇パーセントの満足をしていなかった。ついては、新聞などで田舎の古い農家などが売りに出ていると、興味深く見ていた。

その際、彼が特に注目していたのは「記念建造物として指定されているかどうか」ということだ。「記念建造物」（ドイツ語ではデンクマール）とは何かというと、歴史的になんらかの意味のある建物、ということで、ドイツにはこれがやたらに多く、村で一番古い家屋とか、古くからあるレストランとか、街の中心部にある昔ながらの建物とかは、デンク

マールに指定され、勝手に取り壊したり変形したりできない。そのかわり、修理費などが税金の免除により軽減される、という利点がある。もっとも、古い家を一見元通りでかつ生活に不便ないように修理するには大変お金がかかるので、いくら税金を免除されても高くつくには変わりがない。しかしアダムはいつの日かデンクマールに指定された建物に住みたいものだ、と思っていたので、新聞にそういった指定建造物が売りに出ているのを見ると、サイトシーイング、と言い訳をしつつ見に行っていた。

さて、ボイシャの隣町ブランディスの郊外に、ポーレンツという人口五百人ばかりの村がある。ある時、ブランディスの教会のオルガニストをしている友人から「ポーレンツである講演会を聞きに行く約束をしたのだが、行けなくなったので代わりに行ってくれないか」と頼まれた。講演会のテーマは音楽に関係しているというので、それなら行ってもいい、と引き受け、ポーレンツに初めて行った。そして教会のそばに立っている牧師館で開かれた講演会なるものに出席して、心底驚いた。その内容の高度さ。聴衆は二十人に満たないが、彼らの示す探求心の深さ、講演後の討議の活発なこと。そして何より、講演会を取り仕切っている、牧師の未亡人で九十歳に近いベステル夫人の驚くほどの知性。それ以来、私はそこで講演会があるたびに出かけるようになった。話題は音楽のみならず、美術だったり、東ドイツの農業の歴史だったり、サンチアゴ・デ・コンポステーラへの巡礼旅行の話だったりと、いろいろだったが、そのたび、なんらかの得るところがあり、アダムも誘って一緒に行くようになった。

〈ポーレンツの三面農家を手に入れる〉

そんなある時、私は新聞でポーレンツの一番古い農家がたたき売りに出ているのを見つけた。デンクマールに指定されている、とある。そのことをアダムに告げると、彼は予想通りに狂喜した。私はせっかく友達ができたのに、ボイシャから遠いところに引っ越すのは絶対嫌だったのだが、ポーレンツならそれほど遠くないし許せると思い、たたき売り会場に一緒に行った。

ここでいう「たたき売り」とは、それまでの持ち主が破産したので銀行が取り上げた担保物件を処分するための競売で、売値は非常に安いのが常だった。この物件は全部で三つの建物が左右と正面にコの字に立ち、左から時計回りで住居、牛舎、サイロなどが順に並んだ「ドライザイトホフ、三面農家」と呼ばれるドイツでは典型的な農家の造りだが、膨大なすべての部分が朽ち果てた廃墟の状態だった。家の中にはトイレもなく、用を足すのは屋外に建てられた小屋である。こんな住居が現代に存在すること自体が不思議だったが、その時の住人は当時その状態で住んでいたのだ。ロシア並みと言おうか、東ドイツの経済

我が家のもと牛舎の前でアダムと。クラウス・ペッシェル撮影

状態の悪さを象徴しているようだった。それなのので、大きさの割には安いと言える二百万円ほどで全体を入手したが、問題はそれからである。どうやってこれを住める状態にするか。

そこで頼りになるのは友達だ。家で主催しているホームコンサートやサッカーで知り合ったイエンス・スピールフォーゲルは建築技師であり、古い教会の修理などに多くかかわった人物なので、彼にこの農家の修理いっさいを任せることにした。彼の指揮のもと、二〇〇三年、この農家の修理が始まる。改修工事の主な部分はもちろんプロに任せたが、特別な技術を必要としない力仕事や、レンガの壁を支えるモルタルの充填など、簡単ながら膨大な量の仕事は、アダムが見つけてきた学生アルバイトにやってもらい、彼らの仕事ぶりを管理し給料を支払うのは主として私の役目だった。また、壁の色塗りなど自分たちでもできる仕事は全部アダムと私でやった。人任せだといくらお金があっても足りない。まず、牛舎を手入れし、そこへフランクフルト時代から持っていたアップライトピアノを入れ、音楽会ができるようにした。暖房はないので使えるのは夏場だけである。

そうして二〇〇五年五月二十一日、第一回ポーレンツ音楽祭を開催した。ボイシャで続けてきたホームコンサートの延長線上にあるが、ポーレンツに昔からある男声合唱団や野外の管楽器演奏などを加え、小規模ながらもバラエティーに富んだプログラムだった。

修理を開始して約三年後には、住居として使える状態になった。当初の計画では、十年くらいかけてゆっくり修理改装し、自分たちが定年になるころに引っ越そう、と考えていたのだが、修理は予想以上に高くつき、ボイシャの家を売らないことには修理が続けられなくなった。そのため住居以外の多くの部分の修理ができていない段階でボイシャの家は手放し、ポーレンツに引っ越しせざるを得なくなった。二〇〇七年のことだった。

26. 仕事上のエピソード

ここで、いったん話を変え、二〇〇〇年代に入ってからの仕事上の話題をいくつか紹介する。

〈ライプチヒ音楽院で「教授」の称号を得る〉

二〇〇二年、私はライプチヒ音楽院にて「非常勤教授」の肩書を得た。これは博士号と同じように、それがあるからといって収入が増えるわけではなく、「あなたは教授と名乗ってよろしい」というだけであるが、持っていて損をするわけではないので、有り難く頂戴した。私がこの肩書を得たしばらく後で、当時中部ドイツ放送交響楽団（MDR）の主任指揮者だったファビオ・ルイジが同じ肩書を得たが、彼は音楽界ではすでにかなりの有名人だった。ルイジと一緒に仕事をした際、彼が私を「同僚」（ドイツ語ではコレーゲ）と呼ぶので、気恥ずかしいながら少々嬉しかった。「コレーゲ」は同じ地位の仲間に使う言葉であって、それ以下の、たとえば講師なら通常そうは呼ばれないからだ。

以来、私はプロフェッサー・ドクターという二重の称号を持ち、そのうちプロフェッサーは音楽、ドクターは医学、という実に珍しいタイトル保持者になったわけだ。ドイツ人は日本人に比べ肩書を重んじる傾向があって、たとえば銀行のキャッシュカードなどにもちゃんとProf. Dr. と書かれている。店で買い物をする場合など、「こういう肩書の人がちょろまかすことはないだろう」と信用されやすい利点は確かにある。

前述したように、私はライプチヒに移って以来、ソリストとして演奏する機会は少なくなったが、まるでなくなったわけではない。このころに経験した音楽上の話題については、以前、川上行人氏のブログ「演奏会裏話」にも掲載したが、なかでも面白かったことをいくつかここで紹介する。

〈演奏を妨げる騒音について　その1　ロンドンのパトカー〉

イギリスのさる上院議員の女性が亡くなったしばらく後で、その方の追悼ミサが行われ、そこで演奏することを頼まれた。彼女はロンドンのショパン協会設立者の一人であり、私は以前にその方のお世話により、ロンドンで演奏会を開かせていただいたことがある。彼女の生前の好みに従って、ハイドン、バッハ、ショパンを演奏することになっていた。場所は、上院議員の追悼ミサにふさわしく、ロンドンの最中心地、ウエストミンスターにあるマーガレット教会で、ビッグ・ベンなどとも隣り合った由緒正しいところだ。

最初に、招待客が全員集まって教会の入り口が閉められると、ハイドンの「ヘ短調変奏曲」を演奏し、それが終わったところで、聖職者がゆっくりと入場行進してきた。彼らが着席した後、バッハの「平均律一巻ト短調」を演奏。静まり返った沈痛な雰囲気の中で、物悲しいプレリュードが終わり、フーガが始まった。

それを半分くらい弾いた時、突然、けたたましい音でパトカーのサイレンが鳴り出した。なにしろ大都会ロンドンのこと、パトカーのサイレンは日常茶飯事であるが、これはどうにもタイミングが悪い。教会の壁にはなんら防音効果はないらしく、その音たるや、ネズミ花火が跳ね回っているように連続的で我慢のならないものである。日本やドイツのパトカーのウーウーやピーポーピーポーなんて、これに比べれば静かなものだ。これではとてもバッハのフーガを落ち着いて弾いていられる雰囲気ではない。ともかく、譜面を忘れてしまわないで弾き続けなくては。「しまった、楽譜を見て弾いたらよかった、ちくしょう！」などと心の中で呪いの叫びを上げつつ、必死に神経を集中し、最後までいきついた。

このミサは全部録音され、のちにCDをいただいたので聴いてみたら、パトカーのサイレンが始まるや、フーガのテンポがやや速くなり、動揺しているのがよく分かる。まったく冷や汗ものである。こういうリスクの多い状況で演奏する際には、妙な自尊心は捨てて、手元に楽譜を置いておくべきだった。

〈演奏を妨げる騒音について　その2　携帯電話〉

演奏会での騒音といえば、最近では携帯電話による演奏会の妨害がちょくちょく起こっている。幸い私は今まで大被害にはあっていない（小被害なら日常茶飯事だ）が、最近になって非常に気の毒ではあるけれども愉快な出来事に遭遇したので、それをここでご紹介する。

場所はライプチヒ高等音楽院内のコンサートホールで、それは中国人作曲科学生の卒業試験であった。演奏される曲はすべてその学生が試験のために作曲したもので、全部初演であり、ライブ録音されていた。CDにするか、ユーチューブで流すつもりなのであろう。彼にとってはまさに一生の大事である。それというのも、そういう新曲を他の演奏者がちゃんと練習して演奏してくれることは、めったにない。つまり、ここで演奏された曲が一度限りで忘れられてしまう可能性はかなり高く、この日の録音は彼にとって非常に貴重なものなのだ。彼自身、二度とは聴けないかもしれないのだ。

ピアノソロ、歌曲、室内楽などいろんなジャンルの曲が演奏されたが、もちろんすべて無調音楽で、クラシックな楽器を使用してはいるが、音の出し方も現代曲らしく型破りだ。殴ったり引っ掻いたり、また弓の木の部分で弾いたりと、その楽器らしからぬ音を造り出している。プログラムに添えられた作曲者の言葉によれば、「書道芸術を音で表現した」とのことだ。なるほど、そう思って聴けば、そんな感じはしないでもない。

さて、プログラムの中ほど、弦楽四重奏曲を演奏中に、客席の後ろの方で「ピー、ピッピッピー」という、ピッコロのような音がし始め、繰り返し鳴り続けているので、私を含め多くの聴衆は、とっさにそれを曲の一部だと思った。演奏者の一部が客席で演奏するのは珍しいことではないし、それにこれは新曲であるから、どのような変わった趣向が凝らされていても不思議はない、面白い趣向に富んでいるのは結構なことである。

そうはいっても、あまりに同じ音形の繰り返しが続くので、これはひょっとすると携帯電話では、と気がついて、音の聞こえてくるあたりに眼をやると、一人の中国人らしい女性が顔を真っ赤にしてハンドバックの中を探し回っているのが見え、やはり切り忘れた携帯電話であることがわかった。私と一緒にいた作曲家の友人は、「これは弦楽四重奏と携帯電話のための五重奏曲だねえ」と言いつつ大いに笑ったが、はたして作曲者はそれでよかったのか、そこのところは定かでない。

そこで、気の毒な作曲者への私からの提案だが、この曲を「弦楽四重奏とピッコロのための云々」と適当に改名し、楽譜にも携帯電話を模したピッコロの音を書き加え、ＣＤと共に出版することにしてはどうだろう。その方が録音をもう一度やり直すより、よほど手っ取り早いのではないか。

27. 東日本大震災のころ

〈東日本大震災と原発事故〉

二〇一一年三月十一日、東日本大震災が起こった。この時、私はたまたまイギリスのアダムの実家にいて、大画面のテレビ映像を見ていた。筆舌に尽くしがたい大津波による災害。それを呆然と眺めている最中に、まるで目の前で起こったかのように、次々と原発が煙を吐いた。これについては、世界中でよく知られているのでこれ以上言及するには及ばないだろう。一九九五年の阪神大震災の惨状が頭に焼きついている私は、またか、しかしなぜこうなるのか、という問いに苦しめられざるを得ない。日本は地震国、と誰にでも分かっていたはず。これは予想できたことではなかったか。

原発事故のしばらく後で、自分が受け持っているヴァイオリンの学生、イリーナが授業中に言った。彼女は東欧出身の美人で、片目が義眼だった。「私にはこの事故がどういうことなのか、何を意味するのか、分かります。私の母が私を妊娠中にチェルノブイリ（チヨルノービリ）原発事故がありました。母はその時、キーウにいました」

それだけ聞けば十分だった。旧ソ連（現・ウクライナ）の原発の町チェルノブイリは、ロシアとの境界付近にあり、ウクライナの首都キーウからは一三五キロしか離れていない。膨大な数の人たちが被曝し、そのうちいくらかはイリーナのような不幸に見舞われたのだろう。彼女は胎内被曝の影響で目の小児癌を患い、片目を失うことになったらしい。

大震災から五年たったころ、友人のアンケ・スピールフォーゲルに誘われてドイツ映画『フクシマ・モナムール』を見に行った。この映画は若いドイツ女性が福島の被災地にぶらりとやってきて、桃井かおり演ずる芸者と知り合う。彼女は津波の際、自分が助かるために自分の弟子を見殺しにしてしまった、というトラウマに日々悩まされている、というあらすじ。外国人の見た日本のイメージのステレオタイプが少々気にはなるが、この映画によって私は初めて被災地の実際の姿、立ち入り禁止地区の様子や汚染水の入った黒いポリ袋が無数に並べられている光景などを目にしたのだ。この映画はベルリン国際映画祭の入賞作品であり、多くのドイツ人が見ている。ドイツが福島原発事故をきっかけに脱原発を決めたのもうなずけるのだが、日本ではあまり話題になっていないようだ。

〈三面農家にて文化協会発足〉

すでに述べたように、アダムと私は二〇〇七年にどうにか住めるようになったポーレンツの三面農家に引っ越し、ついてはそれまでボイシャで続けてきたハウスコンサートもポーレンツに移動した。そして、それまでは私個人が主催者であった音楽祭などの催し物を遂行する母体としての文化協会を発足させ、アダムが会長になった。アダムは昔、オペラ劇場などで支配人になるのが夢だったそうで、今まさにその夢を叶えているところらしい。だから本職のアフリカ史より、よっぽど文化協会長職が気に入っているようだ。

私は実のところ、以前のようにハウスコンサートを細々と続けるほうが好ましく、拡大するのは不本意だったので、文化協会の役職は断り、一会員に留まったが、ハウスコンサートなど私がいなくては成り立たないので、やはり中心であり続ける他ない。

文化協会になってからは、音楽以外にアダムの得意分野である郷土史、農業史、さらには美術、写真芸術など、関わる分野が広がっていった。そして最初は膨大に思えた三面農家が徐々に狭く思えるほど、至る所に展示物の置かれた博物館のようになってきた。イギリスから持ち込んで以来、ずっとお蔵入りしていたウェールズの農業器具も、堂々と展示されることになった。また、こういう農家に必須ともいえる犬と猫も一緒に暮らすようになり、それぞれの歴史を作り始めた。

〈三面農家に暮らす動物の話題から　猫に関する一つのエピソード〉

これは、三面農家に引っ越ししてすぐに隣家から引き取った子猫が、成長して産んだ二匹の子猫たちの話である。二匹の子猫は離乳してほどなく、元気にあちこち走り回るようになった。何しろ広い農家だから遊ぶ場所はたくさんある。ある日、私は自宅前の道路に停めてあった車を運転して出かけようとした。そして村の中を五〇メートルばかり走って交差点で一時停車した時、何か小さな動物が車の下から歩道に走り出るのが見えた。そのまま気に留めず発進したが、やはり先ほどの動物が気になってきたので、その場所まで戻ってみた。すると、歩道に我が家の子猫、くまちゃんが倒れているではないか！　持ち上げてみると、目立った外傷はなさそうだがまったく動かない。家に連れて帰っていくら待っても、彼は目をさましてくれなかった。車の下のどこか、たぶんマフラーのあたりに乗っかって寝ていたものと思われる。私の不注意で殺してしまった、と後悔先に立たず、最悪の気分になった。

そこで、ハッともう一匹のとらちゃんのことを思い出した。いつも二匹は一緒に遊んでいた。なんとか無事でいてほしいと祈るように、家と庭と近所を捜したけれど、見つからなかった。

そのまま一週間あまりたち、とらちゃんは死んだもの、と諦めかけたころに、奇跡のような出来事が起きた。我が家の牛舎でちょうど開催していた美術展の広告の記事がライプチヒ新聞に出て、そこには先日知り合いの写真家クラウス・ペッシェル氏が撮ってくれた、私がとらちゃんを抱いて展示された絵の前に立っている写真が大きく載っていたのだ。この新聞が多くの家庭に届いたその日、知り合いの村人がやってきて、「この猫は隣の家にいますよ」という。すぐに一緒に行ってみると、くまちゃんが倒れていた場所に近い家で、「夜中に庭でニャーニャーと鳴き続ける子猫がいたので、ここで飼っています」、とのこと。

保護してくれた人がいたのだ！　すぐにいきさつを話して返してもらい、家に連れ帰った。めでたしめでたしであった。

〈演奏中に病人が出たら　ベルリン、コンツェルトハウスで〉

ここで話を変えて、このころに経験したピアノの話題を紹介する。

以前書いたように、私はライプチヒ音楽院で受け持った最初の学生であったコルネリアとハンス・ゲオルグと共にトリオを組み、ワイマール音楽院で二年間にわたって室内楽の授業を受けた。そのおかげか、このトリオは永続することになる。この二人は結婚し、コルネリアがベルリンのコンツェルトハウス・オーケストラに職を得たため、この夫婦は妻が稼ぎ手で、夫が家事育児を主として担当することになった。ちなみにこういう夫婦はドイツにはいくらでもあり、全然珍しいことではない。

コルネリアの所属するベルリン・コンツェルトハウスの建物は、もともと東ベルリン側にあり、歴史的理由によってベルリン・フィルハーモニーほどには国際的に知られていなかったが、戦前及び現在のドイツ首都、大ベルリンの中心地ジャンダルメンマルクトに立つ非常に優雅な建築物で、内装は豪華絢爛、息をのむようなその美しさはドイツ中でも屈指のものといえる。コルネリアがそこのオーケストラ団員であるおかげで、私は何度もこのコンツェルトハウスでピアノトリオを演奏している。

私たちはちょうど、スメタナのピアノトリオを演奏中だった。その演奏会は実況録音されてCDとして発売するということなので、心してリハーサルを積み、準備万端整っていた。あとはただひたすら音楽に没頭して演奏するのみ。演奏会のパンフレットには「録音するので携帯の電源はお切りください」と明記されており、会場は満席、静かな緊張感に満ちていた。

第一楽章、第二楽章を順調に通過したのち、第三楽章（最終楽章）に入った。最初のあたりでピアノソロの速くややこしいパッセージを演奏している最中に、客席の真ん中からざわざわと雑音が聞こえ始めたが、暗譜で弾いているわけではないからすぐには楽譜から目を離せない。離せば落ちてしまう。これくらいはよくあることだ、そのうちおさまるだろう、と考えてそのまましばらく弾き続けた。その後、ヴァイオリンとチェロが入ってきて音量が増したので、会場の雑音は気にならなくなった。

テンポの速い部分が終わって静かなチェロのソロになった時、まだ雑音が続いていることが分かり、気になり出した。私たちの演奏が気に入らなくて抗議しているのかしら、と演奏しながら客席の方を見てみると、なんと、ど真ん中の列の人たちがぞろぞろと立ち上がって出て行くではないか。これはあんまりだ、こんな抗議をされるほどひどい演奏はしていないはずなのだが。いつか、哲学者チョムスキーの講演を聞きに行った時、講演の最中にスローガンを書いた垂れ幕を持った連中がぞろぞろ出てきて、講演が立ち往生したことがあった。あれはよく分からなかったけれど、確かイラク戦争が絡んでいた、また現代ものの演劇を見に行った時にも、大声で客席から抗議した奴がいた。あれは確かナチス批判だったように思う。

しかしスメタナを演奏することのどこに問題があろうか、ポリティカルコレクトネスには反していないはず。それならテロか、いや、それにしては騒ぎ方が少ない。なら急病人が出たのか、ああきっとそうだ、それしかあり得ない、と考えたけれど、さてどうしたものやら。ちょうどチェリストがメロディーを弾いている最中なのに、伴奏している私が「ストップ」、と声をかけるのも気がひける。彼が弾き止めるなら私も、と思って待っていたが、チェリストはいつまでも弾き続けている。仕方なくそのまま伴奏を続け、次にはヴァイオリンのソロの伴奏を続け、と時間がたつうちに、席を立っていた人たちはまたぞろぞろとそれぞれの席に戻り、私たちはそのまま最後まで演奏した。

後でチェリストは、「自分のソロがまずいからみな出て行くのだろうか、と思ったけれど、それなら意地でも絶対止めてやらないぞ、と必死で弾き続けた」と笑いながら言う。またヴァイオリニストは、「足を上げてください！」という声が聞こえたので、誰かが貧血でも起こして倒れ、医者が来たのだろうと思った。医者が来たのだから大丈夫だろうと考えてそのまま演奏を続けた、とのことだ。チェロとピアノが演奏していてヴァイオリンは休んでいる間に生じた出来事なので、ヴァイオリニストはゆっくりと状況を観察できたらしい。

これがソロ演奏なら、あとのメンバーの気持ちを推し量る必要もないし、さっと決断して演奏を中断し、病人が運び出されて会場が静かになってからもう一度三楽章を弾いたところだ。実際、私たちもそうすればよかったのだ。そうすればせっかくの録音をフイにすることはなかったのに、後の祭りである。いったん弾いてしまった曲をもう一度弾くわけにはいかない。スタジオではなく、五百人からの聴衆がいる演奏会で、後にはボロディンの弦楽四重奏曲が控えているのに、プログラムの真ん中でアンコールをやるわけにはいかない。ああ、チェリストがそんなに意地をはらないでくれたなら、もしくはヴァイオリニストが「病人が出ている、演奏をやめましょう！」と提案してくれたなら、と思うのは、自分が「やめよう！」と決断する勇気がなかったことの言い訳にしかならない。しかし、ああいう場合、なんとかその場を切り抜けることで精いっぱいなのは仕方あるまい。録音のことなど三人ともすっかり忘れてしまっていたのだ。

そういうわけで、発売される予定のＣＤから、スメタナのトリオは消えることになった。

〈マンフレッド交響曲〉

さて、その数年後にもトリオを演奏する機会があり、リハーサルのため前日からベルリンにいた。その日の夕方にコンツェルトハウスの大ホールで交響楽団の演奏会があり、コルネリアのみならずハンス・ゲオルグもトラ（臨時雇いの団員）として出演するし、私はリハーサルが済んでしまえば他にすることもないので、その演奏会を聴かせてもらった。

そのコンサートは指揮者ミヒャエル・ギーレンの八十三歳の誕生日記念演奏会だそうで、プログラムは前半がシューマンの「マンフレッド序曲」、マーラーの「亡き子をしのぶ歌」、そして後半にチャイコフスキーの「マンフレッド交響曲」というもの。バイロンの詩「マンフレッド」をもとにした交響詩が中心になっている、ということだった。

チャイコフスキーの「マンフレッド交響曲」が一般的にどれほどよく知られた曲であるのか判断しかねるが、私にとっては初耳、また高齢の指揮者は「振りはじめ」、オーケストラ団員も「弾きはじめ」だったそうで、どういう理由でこのプログラムを選んだのかは不明だ。ギーレンが「一度は振ってみたい」と思い続けていた曲だったのかもしれない。この交響曲はチャイコフスキーの有名な交響曲四番と五番の間に作曲されたそうで、通常、交響曲としては勘定されていない（チャイコフスキー自身が番号から除外した）とのこと。なぜそうなのか、はやはり不明だ。

ピアノトリオの相棒によれば、ギーレンは歳のせいで耳が悪くなっており、高音が十分に聞こえない。そのため、オーケストラのリハーサルではヴァイオリンの高音を必要以上に要求し、逆に低音楽器は抑えすぎる傾向にある。みな変だと思っているけれども、誕生日記念だから仕方ないと我慢している、とのことだった。

こういった予備知識のもとに聴いたコンサートの前半は、それでもなかなか楽しめる演奏だった。私の席がオーケストラ団員家族用のタダ券で、舞台一番奥の横、打楽器のすぐそばだったせいか、「うるさすぎる」はずのヴァイオリンは少しも気にならず、とくに「亡き子をしのぶ歌」はとても良かった。

後半のチャイコフスキー「マンフレッド交響曲」は全四楽章、延々一時間の長大な曲であるが、それぞれの楽章にストーリーのついたプログラム音楽なので、たとえばブルックナーの交響曲などと比べれば「聴き初め」の耳にも分かりやすく、しばしば登場する大音響は至近距離の打楽器と、その次に近い管楽器のおかげで効果満点、移動とリハーサルの疲れで、曲のあまりの長さに耐えきれず時折うとうとしていても、強烈なシンバルの響きで目が覚めるし、まずは楽しんで聴けた。聴衆の反応は、「ブラヴォー」こそあまりなかったものの、好意的で長い拍手が続いた。

ところが！　その後、「演奏家用入口」でトリオの同僚と落ち合い、「なかなか良かったよ」と感想を述べようとしたところ、彼らは非常に怒りまくって興奮状態、褒め言葉を聞くどころではなく、「オルガンが鳴らなかった、オルガンが鳴らなかった、最悪だ、ディザースターだ」と口々に叫ぶではないか。いったいどういうことかと聞いてみたところ、あのチャイコフスキーの終止部には、オルガンの大音響が加わって極めて華々しく幕を閉じるはずであったのに、オルガンを受け持っていたピアニストが本番に電源もしくはレジスターを入れ忘れた、もしくは入れるものだと知らなかったため、まったく音が出なかった。指揮者もオーケストラもみな、大ショックを受けた。あれでは演奏したことにならない。もう一度やり直すべきだと思う、とのこと。これには私もびっくり。確かに、交響曲のクライマックスを司るオルガンが無音だったなら効果は半減、その担当者であるピアニストの責任は重大だ。中世なら火あぶりになるところだ。私は「それは本当にひどい、オルガンの大音響が聴けなくてなんとも残念」と彼らには言ったけれど、実のところはもう十分に耳が疲れるほど打楽器と管楽器の大音響を聴いたし、何しろ聴き初めの曲なので、さらにオルガンが加わる必要はそれほど感じなかった。私以外の聴衆も大部分はそうであったろう。

それにしても、こういう場合、責任者であるピアニストはどういう処分を受けるのか、気になるところだ。

28. 母の死、仏式で行われたお葬式

二〇一四年二月、冬学期が終わったところで、私は日本に帰った。そのまま当分は日本にいるつもりで、音楽院には休職届を出した。その主な理由は、母の健康状態が思わしくなかったことだ。母は私がドイツに来てしばらくしたころから、アメリカから帰国した弟の家族と一緒に泉北ニュータウンに建てた家に住んでいた。しかし、トラブルが絶えず、弟家族が家から出て同じニュータウン内のマンションに移って以来、母はずっと一人暮らしをしていた。

しかし八十代のなかごろから認知症の症状が出始め、一人暮らしは無理になってきたので、泉北にある看護つきの老人ホームに入居していた。

私は帰国のたびに母を訪ねてはいたが、何分、年にせいぜい一度か二度、三週間程度の帰国であり、できることは限られている。幸い、弟の家族が長らく母と近い所に住んでいたので、主たるお世話は任せてあった。

さて、今回の帰国では当分日本にいる予定なのだから、できる限り毎日行って母の世話をしようと思った。母はほぼ寝たきりで、意思疎通は難しい状態だったが、食事など日常的な介護はプロの看護師さんがしてくれるので、私の出番はあまりない。そこで、私は自分にしかできないこと、私が子供のころよく家で練習していて、母が覚えているであろう曲を聴かせてみよう、と考えた。認知症の治療法はほとんどないとされているが、もしかしたら、好きだった曲を聴けば喜ぶかもしれない。

今は自分専用である母の家で、自分のスタインウェイを使ってモーツァルトやベートーヴェンのソナタ、さらにはショパン、シューマンなどなど次々に録音し、CDを作成した。それを連日、病院に持って行ってポータブルのCDプレイヤーで聴かせた。すると、驚くことがあった。音楽に母が体で反応したのだ。それも、彼女が好きだった曲には特に強く反応し、私が中学生のころよく練習していたベートーヴェンのワルトシュタインを聴いた時には、興奮のあまり「うわあ！」と叫んだ。

ある時、施設に行くとちょうど食事の時間だったので、母の食事を手伝おうと思った。看護師さんがやっているように、柔らかい食べ物をスプーンに乗せて母の口に運んだところ、なんだか怒り出し、食べようとしない。ところがそばで見ていた看護師さんが同じことをやったところ、すんなりと食べるではないか。「私はこんな世話をさせるためにアンタを育てたわけじゃない」と言いたいのかもしれないと思い、食事の世話をするのはやめた。ともかく、母は他の人が思っているほど何も感じていないわけではなく、実はずっと多くのことを感じているのかもしれない、という気がした。

このような毎日を送りつつ三カ月あまり経過した六月二日、母に聴かせるための楽譜を買おうと難波まで出ていたら、「おばあちゃんの容態が急変したらしいので病院へ行ってください」と義妹から電話があった。大慌てで病院へ行ったが、母はすでに亡くなっていた。

仕事で抜けられない弟の到着を待つ間に、私は義妹に母がキリスト教であることをそれとなく伝えてみたが、それを配慮する気はまったくなさそうだ。「でもお父さんとお爺さんは仏教でしょう、キリスト教でお葬式したら同じ墓に入れない」などと言われると、知識のない私は反論することもできず、「じゃあお義姉さん勝手にやってください」と言われても困るので、ここは折れて、葬儀は仏式で行われることになった。

しかしながら、宗教は人間にとって大切なもの、都合が悪いからといって母を勝手に宗旨替えさせてはいけないと思い、納棺式の際に私はこっそりとロザリオを入れた。なんだか隠れキリシタンの気分だった。それと、母が収集していた数多くの人形から、私と一緒に行った先のウィーンで買った小さな陶器の人形にも母のお供をしてもらった。

お骨拾いの際、私はロザリオのことが気にかかっていたので、十字架とか鎖の破片がないかと目を凝らしたが、見つけることはできなかった。お骨拾いが終わり、骨壺の蓋が閉じられたころ、残された骨の乗っている台の隅っこに、小さな人形がひっそりと立っているのが見えた。ロザリオばかり気にしていたのだが、人形もあったのだ！　係官に「あれは私が入れた人形です、持って帰ってもいいですか」と訊いたところ、どうぞ、と拾い上げてくれた。誰かが「これで骨が盛子さんのものであることは間違いない」と言った。その人形は、如雨露（ジョウロ）で花に水をやっている女の子で、煤（すす）まみれで色こそはげているけれども、何一つ欠けず、完全な形で一二〇〇度の焼却炉を生き延びたのだ！

母はこのまたとない形見を私に残し、ロザリオを持ってあの世へと旅立った。

29. その後の様子

〈鷹峯に住処を入手する〉

母が亡くなったので、それまで住んでいた元母の家は共同名義者の弟のものとなり、それまでのように自由勝手に使うことはできなくなった。ついては、そこにあるピアノをはじめとする私の持ち物をなんとかしないといけない。幸い母の遺産がいくらか入ったので、京都にマンションを買うことにした。ここでも友人の力は大きく、松村美代さんのマンションに配られたチラシをたよりに斡旋会社を見つけ、京都市の北西、鷹峯に大きなリビングに小さな寝室があるだけ、という、実に自分に向いた間取りの中古マンションを見つけて購入した。引っ越しの際には中学時代の友人、西堀信子さんが手伝ってくれた。

そうして一段落したころ、なかなかにドイツへ帰ってこない私を心配してか、アダムが様子を見に日本へやってきた。京都に住居を構えたことでもあり、以後は私も安心してドイツと日本の往復生活をすることにした。長らくドイツで暮らしているとはいえ、やはり私は日本人なので、日本食を食べ、日本語で話していると安らぐし、友達もたくさんいて楽しい。だから、なるべくしばしば日本に滞在したい。とはいっても、やはり仕事のあるドイツでの生活が中心になり、日本へ帰れるのは主として音楽院の休暇期間、夏、冬、春の三回だけであったが。

〈コロナ時代の幕開け〉

二〇一九年十一月十五日、私は横浜の大倉山で演奏した。ドイツで長年働いたのちに帰国して間もないアルト歌手、古田昌子さんと一緒に、歌半分、ピアノソロ半分、プログラムは全部シューベルト、というジョイントコンサート。中学校時代からの友人である仁司信夫君がマネージメントしてくれた、満席の素晴らしい演奏会だった。その翌日は、彼と中学時代の友人数名で横浜を散歩し、横浜港の風景などを楽しんだ。

さてその二カ月後、二〇二〇年早春、前年に中国で最初に発生したコロナ感染症が日本に上陸することになる。横浜港に停泊した豪華客船ダイヤモンドプリンセス号の乗客及び乗組員は下船を許されず、次々と多くの人が罹患し、死亡者も多数出る、という前代未聞の悲劇となった。このニュースを私はドイツで聞いたが、オンラインニュースの写真を見てびっくり。私がつい二カ月前に行ってはしゃいで写真を撮った、まさにその場所ではないか。

〈ゼフィルス会、及びコロナ禍中のピアノリサイタル〉

ずっと以前から、高橋隆幸さんを中心に、元京大音楽研究会会員を中心とするメンバーが時折集まってホームコンサートをしていたが、十年ほど前からはこのグループにゼフィルス会という名がつき、三カ月に一度くらいの間隔で定期的に集まるようになっていた。この会には私も日本にいる時には必ず参加していたのだが、二〇一八年の集まりの際に、私の演奏会をゼフィルス会主催で開催しようではないか、という話が持ち上がった。そして、かなり（経済的な）ハードルは高いけれども、私の音楽院での仕事仲間だったヴァイオリニストのマリアナ・シルブ及び、彼女の夫でチェリストのミハイ・ダンシラというメンバーのピアノトリオの演奏会をやろうではないか、それを目標として努力しよう、という、私たち三人にとって極めて有り難い計画が立てられた。ついては高橋さんを委員長とした実行委員会が発足し、二〇二一年四月四日、アルティ京都で開催、と決まった。

以前ローマのイ・ムジチ合奏団のコンサートマスターとして毎年のように日本で演奏していたマリアナは、大の日本贔屓だ。ライプチヒ音楽院の教授になってからというもの、残念なことには演奏旅行の機会が激減したので、二〇〇八年に私の音研時代の友人である

ボリス・ペルガメンシコフの講習会にて、ピアノ伴奏は筆者

川上行人君のマネージメントでデュオの日本演奏旅行をした時には、大変喜んでいた。

余談になるが、演奏活動と教育活動は両立しにくい。あちこちに演奏旅行しながら毎週同じ場所で学生を教えることは、まず不可能だからだ。有名な現役の演奏家が音楽大学の教授であれば大学の宣伝には役立つが、学生はきちんと定期的に教えてもらえないため能力を伸ばしにくく、時には学生のほうが遠くにいる先生を追いかけて旅行しなければならなかったりして、苦労する。そのため、責任感のある音楽家は演奏か教育か、どちらかを選ばねばならなくなることが多い。そしてたいていの場合は、生活の安定する教授職のために、演奏活動が犠牲になるのだ。

しかしまれに逆のケースもある。大チェリストのボリス・ペルガメンシコフはケルン音楽院の教授だったが、教育活動と演奏活動が両立しないことに気づき、教授をやめてしまい、教えるのはコースでのみ、となった。私は彼のコースの伴奏をやったことがあるが、大変素晴らしい経験だった。彼はその時「今後も一緒に仕事をしたい」と言ってくれたのだが、残念なことに彼は早くに亡くなってしまい、実現しなかった。

話を戻そう。以前に書いたように、日本が大好きなマリアナたちは、来るべきトリオの演奏会を非常に楽しみにしていた。ところが、コロナ感染症は二〇二〇年には世界に広まり、日本は外国人の入国を非常に厳しく制限したため、マリアナとミハイの渡日は不可能となった。せっかく着々と準備してきたのに、すべての努力が水泡に帰すのは実に残念、トリオがダメならソロの演奏会に変更してはどうでしょう、という私の提案に、高橋さん以下のメンバーが賛同してくださり、二〇二一年四月四日、コロナ禍にもかかわらずアルティでのピアノリサイタルを開催することができた。マスク着用義務や座席間隔を十分とるなどの感染対策をとりつつも、心配な状況のなかで聴きに来てくださった二百人ほどの聴衆を前にして、私は心から感動した。日本での演奏会は何度も行ってきているが、この時ほど凝縮した達成感を感じたことはない。

〈インターネットでつなぐ音楽活動〉

ドイツでも、二〇二〇年からコロナのため普通の演奏活動は不可能になり、また音楽院での授業も中止になった。私はコロナの直前に音楽院での教職を定年終了したので、オンライン授業はやっていないが、実技の授業などそもそもオンラインでまともに行うことは不可能だと思うし、コロナ禍中に音楽院時代を送ることになった不運な学生たちを、本当に気の毒だと思う。それまで続けてきた自分の家での文化協会の企画もほとんど凍結せざるを得なくなり、あちこちでのコンサートもすべて中止。大学紛争以来、想像したこともない異常な時代を経験することになった。

しかし、悪いことばかりではない。以前なら一カ所に集まって楽しんだ室内楽であるが、それが不可能ならオンラインでなんとかしのごうではないか、というわけで、以前には考えもしなかった方法が開発されている。オンライン共演用に開発されたジャムルスというプログラムを使えば、別の場所にいる音楽家が一緒に演奏することが可能となった。この方法で私は、毎週のようにイギリスやスペインにいる人たちと共演している。室内楽のジャンルにとどまらず、モーツァルト、ベートーヴェン、ショパンなど数多くのピアノ協奏曲も、私はジャムルスのおかげでオーケストラ付きで演奏することができた。

ただし、いかに高性能のグラスファイバーを使用していても、場所が離れていればそれだけ伝達に時間がかかる。そのため日本やアメリカにいる人との共演は無理だし、またヨーロッパ内であっても、通常の室内楽のように完璧に同時演奏をすることはできない。

他方、普通なら大旅行しなくては一緒に弾けない人たちとすぐに一緒に弾けるわけなので、室内楽をそれなりに楽しむため、また遠くにいる仲間とのリハーサルの方法としては大変便利であり、コロナが完全に終焉しても続けたいと思う。日本ではあまり知られていないようだが、互いに国内にいればディレイもそれほどではないだろうし、ぜひともおすすめしたい。

〈終わりに〉

コロナとの共存が日常となった二〇二二年二月、ロシアがウクライナ戦争を始め、ウクライナの難民がドイツにもドッと入ってきた。これを書いている二〇二二年十月現在、我が三面農家の一部には、ウクライナからの四人家族、及び彼らの犬と猫が住んでいる。今後どういうことになるのかは、戦争の行方が見えないのと同様に、よく見えない。

イタリアにいるマリアナとミハイの二人は、演奏活動をやめると決めたそうだ。健康上の理由らしいが、残念なことである。二〇二一年のトリオ演奏会が中止になったため、彼らは日本へ演奏旅行する最後の機会を逸してしまったようだ。

このように現状では悪いことばかりが目につくが、他方でコロナが終わりかけているようだ、という明るい見通しがある。私自身、数週間前にコロナに罹患し、一日目にはかなり重症で高熱が出たのに三日目にはほぼ回復し、一週間ですっかり元気になった。ワクチン接種のおかげか、それともコロナウイルスが弱毒化したのか、たぶんその両方であろうが、なんにしても二〇二〇年に世界を恐怖のどん底に陥れたコロナの病勢は、今では感じられない。

コロナによる二年あまりの音楽をはじめとする文化活動の空白を、どうやって埋めていけるのかが現在われわれにとっての課題である。いったん離れてしまった聴衆を呼び戻すのには時間がかかるであろうが、根気よくトライしていくより仕方あるまい。

（完）

あとがき

自分の来し方を振り返ってみると、「偶然たまたまそうであった」という要素が大変多いことに気づく。一番の例はフランクフルト音楽院の入試であろう。医学から音楽に進路変更する要となったこの入試を受けた時点で、音楽院はまさに年齢制限の導入を検討中、私は滑り込みセーフだったのだ。

この自叙伝を書くに至った経過も「偶然そうなった」という要素が多いので、最後にご紹介しておく。

ドイツにはフンボルト協会からお金をもらって留学した経歴のある人、つまりフンボルトOBによる「フンボルトクラブ」があり、私もそれに属している。二〇一九年はアレキサンダー・フォン・フンボルトの生誕二百五十周年にあたり、あちこちで記念の学会や展覧会が開かれた。その年の秋の集会に参加した際、知人が「ポルトガルのリスボンで開かれる学会に行ってくれる人を探している」というので、「リスボン！　それなら私が行きたい！」と、即座に行く約束をした。すると、二、三日後に「リスボンのフンボルト学会に参加していただけるそうで、ありがとうございます。ついては、あなたの演題はなんですか」というメールが来てびっくり仰天。長年学者をやっていなかった私は「学会参加とは講演すること」という原則をすっかり忘れていたのだ。

そこで大慌てで、学者を続けているアダムの手助けを受けつつ「フンボルトと私」という演題をひねり出し、自分が医学から音楽に転向した事情を、写真を見ながら説明するパワーポイント講演の材料を作成した。

この講演をリスボンの大学で行ったところ、まったく予期しなかった大好評で、「へえ、私のやってきたことと他の人から見たら面白いのだ」と認識。ついては、その学会の後に出版される予定の冊子に載せる原稿の準備を始めた。ところが折悪しくコロナの大流行が始まったため、出版の事業は頓挫したらしく、いっさいの連絡がなくなり、下準備ができた原稿だけが残った。これがこの自叙伝の核になり、その後いろいろと書き足して、現在の形となったわけだ。

四分の三世紀にわたる人生の出来事を自分の体験に即して記述すれば、どうしても折々に出会った人々について記述せざるを得ない。そしてその際には、いいことばかりでなく、その人にとって書かれたくないようなことも書くことになってしまう。そうしなくては嘘になる。そのため、そういう恐れがある場合には仮名を用いるようにしたが、それでも気分を害される方がおられるかもしれない。どうかお許しいただきたい。

出版にあたって、原稿を読んで参考になる意見をくださった友人の松村美代さん、関百合子さん、万代道子さん、及び文芸社の中村太郎氏、今泉ちえ氏に謝意を表します。

著者プロフィール

坪井 真理子（つぼい まりこ）

1948年大阪生まれ。5歳よりカナダ人のシスター・マリー・ドロッテにピアノの手ほどきを受ける。

1962年から1965年まで物部一郎氏に師事。

大阪府立天王寺高校、京都大学医学部を経て眼科医師となる。京都大学在学中は京大音楽研究会の部員として活動する一方、藤村るり子氏、マックス・エッガー氏にピアノのレッスンを受ける。

医学博士号取得ののち、1980年フンボルト奨学生として渡独、マックス・プランク研究所にて視覚生理学の研究を行う。

1983年フランクフルト高等音楽院に入学し、ヨアヒム・フォルクマン教授のもとピアノを学ぶ。

1988年演奏家資格試験に合格しフランクフルト高等音楽院講師となる。

1994年ライプチヒ・メンデルスゾーン高等音楽院講師。

2001年ライプチヒ高等音楽院で非常勤教授（Honorarprofessor）の称号を得る。

2019年ライプチヒ高等音楽院を定年退官、以後はポーレンツ文化協会（www.einigkeit4.de）を中心に音楽活動を続け、現在に至る。

私のまわり道 音楽から医学へ、そしてまた音楽へ

2023年８月15日　初版第１刷発行

著　者　坪井 真理子
発行者　瓜谷 綱延
発行所　株式会社文芸社
〒160-0022　東京都新宿区新宿1－10－1
電話　03-5369-3060（代表）
03-5369-2299（販売）

印刷所　図書印刷株式会社

ISBN978-4-286-24221-7　JASRAC 出 2303853－301